U0045652

Contents

熊熊勇闖異世界 6

くまなの

Illustrator 029

Kadokawa Fantastic Novels

技能

▶ **異世界語言**
可以將異世界的語言聽成日語。
說話時傳達給對方的內容也會轉變成異世界語言。

▶ **異世界文字**
可以讀懂異世界的文字。
書寫的內容也會轉變成異世界文字。

▶ **熊熊異次元箱**
白熊的嘴巴是無限大的空間。可以放進（吃掉）任何物品。
不過，裡面無法放進（吃掉）還活著的生物。
物品放在裡面的期間，時間會靜止。
放在異次元箱裡面的物品可以隨時取出。

▶ **熊熊觀察眼**
透過黑白熊服裝的連衣帽上的熊熊眼睛，可以看見武器或道具的效果。

▶ **熊熊探測**
藉由熊的野性能力，可以探測到魔物或人類。

▶ **熊熊地圖ver.2．0**
可以將熊熊眼睛看到的地方製作成地圖。

▶ **熊熊召喚獸**
可以從熊熊手套召喚出熊。
黑熊手套可以召喚出黑熊。
白熊手套可以召喚出白熊。
召喚獸小熊化：可以讓熊熊召喚獸變成小熊。

▶ **熊熊傳送門**
只要設置傳送門，就可以在各扇門之間來回移動。
在設置好的門有三扇以上的情況下，可以透過想像來決定傳送地點。
傳送門必須要戴著熊熊手套才能夠打開。

▶ **熊熊電話**
可以和遠方的人通話。
創造出來以後，能維持形體直到施術者消除為止。不會因為物理衝擊而損壞。
只要想著持有熊熊電話的對象就能接通。
來電鈴聲是熊叫。持有者可藉由灌注魔力切換開關，進行通話。

魔法

▶ **熊熊之光**
藉由聚集在熊熊手套上的魔力，可以產生熊熊形狀的光球。

▶ **熊熊身體強化**
將魔力灌注到熊熊裝備，就可以進行身體強化。

▶ **熊熊火屬性魔法**
藉由聚集在熊熊手套上的魔力，可以使用火屬性的魔法。
威力會與魔力、想像呈正比。
如果想像出熊的模樣，威力會變得更強。

▶ **熊熊水屬性魔法**
藉由聚集在熊熊手套上的魔力，可使用水屬性的魔法。
威力會與魔力、想像呈正比。
如果想像出熊的模樣，威力會變得更強。

▶ **熊熊風屬性魔法**
藉由聚集在熊熊手套上的魔力，可以使用風屬性的魔法。
威力會與魔力、想像呈正比。
如果想像出熊的模樣，威力會變得更強。

▶ **熊熊地屬性魔法**
藉由聚集在熊熊手套上的魔力，可以使用地屬性的魔法。
威力會與魔力、想像呈正比。
如果想像出熊的模樣，威力會變得更強。

▶ **熊熊治療魔法**
可以使用熊熊的善良心地治療傷病。

裝備

▶ **黑熊手套（不可轉讓）**
攻擊手套，威力會根據使用者的等級而提升。

▶ **白熊手套（不可轉讓）**
防禦手套，防禦力會根據使用者的等級而提升。

▶ **黑熊鞋子（不可轉讓）**
▶ **白熊鞋子（不可轉讓）**
速度會根據使用者的等級而提升。
根據使用者的等級，可以長時間步行而不會感到疲勞。

▶ **黑白熊服裝（不可轉讓）**
外觀是布偶裝。具有雙面翻轉功能。

正面：黑熊服裝
物理與魔法防禦力會根據使用者的等級而提升。
具有耐熱與耐寒功能。

反面：白熊服裝
穿著時體力與魔力會自動回復。
回復量與回復速度會根據使用者的等級而提升。
具有耐熱與耐寒功能。

▶ **熊熊內衣（不可轉讓）**
不管使用多久都不會髒。
是不會附著汗水和氣味的優秀裝備。
大小會根據裝備者的成長而變化。

121 熊熊去王都

我帶著菲娜和修莉從密利拉鎮的小旅行回來了。

她們兩個人第一次看到海，似乎都很高興。我們在海邊玩、搭了船，也吃了迪加先生的海鮮料理，還一起挖竹筍。

「我們玩得很開心。優奈姊姊，很謝謝妳。」

「優奈姊姊，謝謝妳。」

姊妹倆一到克里莫尼亞就對我道謝。

「那我們下次再去吧。」

「好的！」

「好耶～」

兩人都很開心。下次就等天氣變熱，可以游泳的時候再去吧。到時候我也想要帶孤兒院的孩子們一起去。

看到菲娜和修莉的笑容讓我很高興。真的幸好我有帶她們去。

後來，我為了歸還借來的人，出發去找堤露米娜小姐。有借就要有還才行。這是讓交情長長久久的祕訣。

「來，我把借來的令嬡帶回來了。」

我來到堤露米娜小姐家，把我暫時照顧的菲娜和修莉還給她。

「媽媽，我們回來了。」

菲娜和修莉抱住堤露米娜小姐。堤露米娜小姐撫摸女兒的頭。

「妳們兩個玩得開心嗎？」

「是，我們玩得很開心。海好大，我們還搭了船。」

「海水喝起來鹹鹹的。」

「呵呵，因為那是鹽水嘛。」

姊妹倆開心地訴說旅行見聞，堤露米娜小姐則帶著笑容聽她們說。感情融洽的家人真不錯。

如果根茲先生也在就好了，不過他現在在冒險者公會工作。他是家庭的支柱，得努力工作，好好加油才行。

「優奈，謝謝妳。給我的女兒這麼寶貴的體驗。」

「下次堤露米娜小姐也一起去吧。」

「好啊，下次讓我也一起去吧。」

菲娜和修莉不知道是因為旅途很疲勞，還是回到家裡放鬆了，開始閉起眼睛打瞌睡。

「呵呵，想睡覺了呢。晚餐做好了會再叫妳們兩個，去睡一覺吧。」

「嗯。優奈姊姊，謝謝妳。」

「妳們好好休息吧。」

菲娜牽起修莉的手，走向她們的房間。

和堤露米娜小姐單獨相處的我提起了安絲的事。包括要在新店工作的人數增加，還有她們在隧道完成後就會過來的事。

「那等她們來了，我再照顧她們就行了吧？」

安絲來的時候，我不一定會待在克里莫尼亞，所以我告訴她要去孤兒院報到。只要先跟堤露米娜小姐說一聲，就算我不在也沒問題。

「如果到時候我不在，請妳帶她們去店面看看，或是幫忙準備店裡需要的東西。」

「優奈，妳會出門嗎？」

「我有點事，預計去一趟王都，可能會不在。」

雖然提不起勁，但是艾蕾羅拉小姐拜託我護衛學生。我不知道隧道什麼時候完工，但也有可能撞期。

「優奈真忙呢。妳不可以太勉強自己喔。如果妳發生什麼事，那些孩子會難過的。」

堤露米娜小姐望向菲娜她們房間所在的二樓。

「我不會做危險的事，沒問題啦。」

「妳覺得打倒虎狼和黑蝰蛇都不危險的這點很可怕耶。」

「那只是碰巧遇到啦。畢竟是威脅到小孩子……」

「呵呵，開玩笑的。可是，妳真的不可以做危險的事喔。」

「是。」

我乖乖回應堤露米娜小姐的話。後來，我和堤露米娜小姐討論了安絲等人過來時的事。

從密利拉回來，過了一段悠閒的日子後，和艾蕾羅拉小姐約好的日期愈來愈近了。雖然很不情願，我還是為了遵守和艾蕾羅拉小姐的約定而使用熊熊傳送門前往王都。

委託的內容是在實地訓練的期間護衛學生。而且據說護衛對象的年齡和我差不多。心情好沉重。雖然艾蕾羅拉小姐和國王說過會讓他們接受，但我不認為學生會真心認可一個穿著熊熊布偶裝的女孩子當護衛。就算表面上答應，我也不知道他們心裡是怎麼想的。

當時我半推半就地答應了，但我真想回去阻止過去的自己。唯一的救贖是希雅也在而已。

我抵達王都後，前往艾蕾羅拉小姐家。經過的人都在看我。雖然我已經來過王都好幾次，這些視線到現在依然沒有消失。

在克里莫尼亞當然也不是完全沒有這種視線，但至少在我經常移動的範圍內有比較少了。

「優奈大人，好久不見了。」

我一來到宅邸，擔任女僕的史莉莉娜小姐就出來迎接我。然後我被帶到房間裡時，艾蕾羅拉小姐就來了。

「優奈，妳來了啊。」

「畢竟都約好了嘛。所以，是明天開始對吧？」

「是啊，因為妳一直都沒有過來，我還以為妳忘記了呢。」

因為我很提不起勁嘛，所以才會拖到最後一刻。

「不過，幸好妳來了。希雅也很高興優奈願意擔任護衛喔。」

「希雅呢？」

「剛才史莉莉娜去叫她了，馬上就會過來。」

正如艾蕾羅拉小姐所說，希雅左右搖著雙馬尾走進房間。

「母親大人，聽說優奈小姐來了，真的嗎？」

我和希雅四目交接。

「優奈小姐，好久不見了。妳還是穿著熊熊的衣服呢，好可愛。」

被同年紀的女生說可愛，讓我的心情很複雜。她沒有把我當成小妹妹吧？

「好久不見，上次見面應該是誕生慶典的時候吧？」

「是的，沒錯。優奈小姐以後來王都時，也請來我家作客吧。我聽母親大人說過，妳有時候會來王都，而且每次都會帶好吃的東西過來。」

「我是帶來給芙蘿拉公主吃的，可是艾蕾羅拉小姐每次都突然從某處冒出來跟我們一起吃而

已啦。」

「因為母親大人的情報網很厲害嘛。」

與其說是厲害，不如說她很神祕。甚至可以算在異世界七大不可思議裡了。

「對了，諾雅過得好嗎？」

「她過得很好喔。她會抓到空檔溜出宅邸，跑到我的店裡來呢。」

「我前幾天聽父親大人說優奈小姐開了一家店。而且聽說因為餐點很美味，生意非常好呢。我真羨慕諾雅，好想早點回克里莫尼亞喔。」

希雅似乎想起了克里莫尼亞城的事，這麼說道。

「話說回來，沒想到這次的測驗會由優奈小姐擔任護衛。」

希雅露出真心感到高興的表情。艾蕾羅拉小姐剛才說的話似乎不是謊言。

「這個嘛，因為艾蕾羅拉小姐拜託我嘛。可是，學生們真的能接受由我擔任護衛嗎？」

先不論希雅，我實在不覺得其他學生會接受。國王和王妃，甚至連芙蘿拉大人不會真的都去說服他們吧？

「沒問題的。我已經通知過他們，說妳是個優秀的女性冒險者。」

「那我打扮成熊的事情呢？」

這是最重要的一點。一般人聽到這種事，大多都會拒絕吧？

「我當然沒有說了。」

這個人真是……

「我可沒有說謊喔。我已經確實交代過老師了，學生要怎麼判斷是他們的自由。當然了，對妳口出惡言的話會被扣分，要向我報告喔。」

我百分之百會被惡言相向吧。這場活動是要殘害我的精神嗎？

「這跟說好的不一樣吧。」

「抱歉。我想要確認見到優奈的時候，學生會有什麼反應。不過你們見面的時候我也會在場，所以放心吧。」

完全沒有能讓我放心的要素。我超不安的。

「那個，優奈小姐會穿著這身衣服來護衛我們對吧？」

因為沒有熊熊裝備，我就無法護衛，所以我只能點頭。

「大家聽說有高階冒險者來當護衛都很高興呢。因為我之前就聽母親大人說過，所以不覺得驚訝。不過聽到那種說明，我想大家肯定都誤會了。」

「呃，順便問一下，艾蕾羅拉小姐是怎麼說明的？」

「年紀輕輕就當上冒險者——」

所謂年紀輕輕是指幾歲呢？人家應該不會想到是15歲吧。

「身為女性卻能打倒虎狼和半獸人等魔物，還討伐了大型魔物。」

雖然確實如此，沒有錯。

「大家都以為妳是個帥氣的大姊姊喔。」

什麼啦，不要擅自斷定好嗎？其實不是喔，我是熊熊喔。

「希雅，妳也要好好幫優奈解圍喔。因為處理人際關係也是評分項目之一。」

「嗚嗚，好難喔。」

「要是簡單就沒有意義了吧？而且我都告訴妳測驗內容了，妳比其他人還有利吧。」

算有利嗎？

我覺得就算知道答案，要列出中間的算式也很困難。不過，為了防止我爆發，也只能請希雅多多努力了。因為我也不想把學生丟進哥布林的巢穴。

「我不能說出我和優奈小姐的關係對吧？不能說她是個比我還要嬌小的可愛熊熊。我要怎麼幫忙解圍才好呢？」

這種事情我怎麼會知道？有意見的話請去跟妳媽媽抱怨吧。

「在上位者有時候也會有不能說的事。妳要把祕密藏在心中，不激怒任何人或感到不愉快，幫雙方打圓場。妳也是生為貴族的女兒，要好好努力。」

認識我的希雅和不認識我的學生，在應對方面確實很困難。我第一次遇到希雅的時候，希雅沒辦法相信我，甚至突然要我跟她比賽呢。我一提起這件事——

「我有什麼辦法嘛。突然聽到打扮成熊的可愛女生是護衛諾雅過來的人，我根本無法相信。

而且提議要比賽的人是母親大人。」

「因為如果不那麼做，妳無法接受事實吧？」

「是沒錯……」

希雅稍微噘起嘴巴。

「那個，既然希雅也很傷腦筋，我可不可以現在拒絕？」

「當然不行了。」

艾蕾羅拉小姐微微一笑。

我和希雅同時嘆氣。抱歉給妳添麻煩了。可是錯不在我，這一切全都是妳面前的母親的錯。

「對了，我要護衛學生到哪裡？」

我放棄抵抗，問起委託內容。雖然我有聽說要護衛幾天，卻不知道詳細的內容。

「搭馬車要花兩天左右的村子。學生要把貨物、麵粉運送到那裡。來回一趟大概四五天左右吧。」

考量到馬車的速度，騎熊緩和熊急的話應該可以在一天內來回。話說回來，我可以用熊緩和熊急嗎？如果要移動，我比較想要騎熊緩牠們。

「移動時是搭乘馬車對吧？我可以用熊緩和熊急嗎？」

「嗯～我不太贊成呢。要是學生以為熊會保護他們就傷腦筋了。我也希望優奈可以隱藏自己

的實力。」

讓學生依賴熊緩牠們的確也很不好。

「那小熊的話可以嗎？」

「小熊？」

就算不能騎著熊緩和熊急移動，牠們能幫忙察覺危險，晚上睡覺時也可以放心。我召喚出變成小熊的熊緩和熊急。小熊化的熊緩和熊急出現在兩人面前。

「什、什麼？」

「好可愛。」

艾蕾羅拉小姐和希雅分別抱住熊緩和熊急。

「咦，牠們該不會是熊緩和熊急的孩子吧？」

她們會這麼想也無可厚非。

「不是的。牠們就是熊緩和熊急喔。因為我的召喚獸很特別，所以可以縮小。」

雖然我是到最近才能辦到這件事的。

「嗯，這樣的話應該沒關係吧？」

普通尺寸不行，但小熊尺寸就沒問題。這樣一來，就能摸到毛茸茸的小熊了。

後來直到我離開為止，母女倆都沒有放開小熊化的熊緩和熊急。

122 熊熊去學校

隔天，我拖著沉重的腳步來到艾蕾羅拉小姐的家。

「早安，優奈。妳沒什麼精神呢。」

妳以為是誰害的？一想到接下來的事情，我就心情沉重。和菲娜她們一起到海邊玩的快樂回憶感覺是好久以前的事。

「好了，我帶妳到學校去吧。」

「希雅不在嗎？」

我沒有看到希雅。

「希雅已經先去學校了。把妳這個護衛介紹給其他學生的時候才會見到她喔。」

我死心地跟著艾蕾羅拉小姐一起前往學校。

可能是因為很接近學校了，周圍有一些穿著制服的學生走著。那是我第一次見到希雅時，她身上穿的制服。我走在王都裡有時也會看到，是西裝樣式的可愛制服。而我們跟這些學生們一起走向學校。

學生們都在偷瞄我。雖然為時已晚，但早知道就拜託人家幫我準備馬車了，我顯眼得不得

了。走在我身旁的艾蕾羅拉小姐看起來一點也不在意。我為了遮住臉，把熊熊連衣帽往下拉。

從周圍的學生口中可以聽到「熊？」、「為什麼熊會跑來學校？」、「那種奇怪的打扮是怎麼回事？」、「走在熊旁邊的人是艾蕾羅拉大人吧？」、「她和艾蕾羅拉大人是什麼關係呢？」、「說不定是希雅大人的朋友呢。」、「那種衣服雖然可愛，但是很丟臉呢。」、「天啊，我還是第一次看到那麼好笑的打扮。」、「是要去演戲嗎？」「她不覺得害臊嗎？」、「我覺得很可愛啊。」、「你們看她的手。是熊耶。」、「她的腳還不是一樣。」、「到底哪裡有在賣那種衣服？」、「可是好像有點可愛。」、「靠近的話會被吃掉嗎？」、「我好想抱抱她。」、「嗯，很可愛呢。」、「穿成那樣走在路上也太扯了吧。」、「我以前有在路上看過她。」、「我也有聽認識的人說過。」等等各式各樣的聲音。

「我可以回家嗎？」

「當然不可以。」

為了防止我逃跑，艾蕾羅拉小姐抓住我的手。雖然只要用力就能甩開，但我不能對艾蕾羅拉小姐這個普通人這麼做，所以忍了下來。

「我不會逃跑的，可以放開我嗎？」

「不行。」

我被艾蕾羅拉小姐強行帶走。這段期間也不斷有「熊」這個字傳進我耳裡。

我好想回家。

我的ＨＰ快要歸零的時候，我們抵達了學校。學校佔地廣闊，有好幾棟看似校舍的建築物。感覺像是一座小城堡。

「這裡就是學校？好大。」

我仰望校園。

「雖然需要支付一定程度的費用，不過基本上從一般家庭到貴族，王都所有的孩子都就讀這所學校。」

「平民和貴族讀的是同一所學校嗎？」

「是啊。不過，課業內容當然不一樣。」

也對，貴族和平民的課業內容不同也沒辦法。畢竟他們將來會走上不同的道路。就算是我原本的世界，也有專科學校這種東西。

「對了，優奈，如果要叫出熊緩和熊急，可以在這裡叫嗎？要是突然有熊出現，會嚇到學生的。」

我們一走進校舍，艾蕾羅拉小姐就對我這麼說。要說明召喚獸的事情的確也很麻煩，所以我召喚出小熊化的熊緩和熊急。

「「咿～」」

召喚出熊緩和熊急的我和艾蕾羅拉小姐來到一個類似教職員室的地方。首先好像要和學生的

班導見個面。

光是想像教職員室就讓我覺得鬱悶，或許是因為我以前都沒有去上學的關係。一進入教職員室，我就被帶到一位三十幾歲男性的面前。

「休格老師。」

「是艾蕾羅拉大人啊，還有……熊？」

他口中的熊是看著我說的嗎？一定是看著熊緩和熊急說的吧。

「這個女孩就是我請來當護衛的冒險者，優奈小姐。」

艾蕾羅拉小姐把我介紹給老師。老師則交互看著我和艾蕾羅拉小姐。就算不用那種眼神看著我，我也知道你想說什麼。

「艾蕾羅拉大人，您在開玩笑嗎？在我看來，這個女孩的年紀甚至比要護衛的學生還小……」

嗯，這就是普通人的反應。可是，我和護衛對象其實是同年喔。我只是個子比同年的人還要矮一點而已。

「她確確實實是一位優秀的冒險者喔。」

老師用懷疑的目光看著我。一般來說，不會有人覺得打扮成熊的女孩子很強。艾蕾羅拉小姐叫我拿公會卡給老師看，於是我只好照做。

「職業：熊？」

你在看哪裡？重點不是那裡啦。

「請看階級。」

「喔，抱歉。冒險者階級C。真的嗎？這應該不是假證件吧？」

「是真的，我以艾蕾羅拉之名發誓。」

這種時候不是應該以貴族之名發誓嗎？

「雖然難以置信，但我相信艾蕾羅拉大人。而且她要護衛的小組裡也包括艾蕾羅拉大人的女兒，我不覺得艾蕾羅拉大人會讓自己的女兒陷入危險。」

這種時候不是應該說：「這怎麼可能，我不能把重要的學生交給她」嗎？那樣的話，我就有藉口回去了。這代表艾蕾羅拉小姐很受人信任嗎？可是，我是打扮成熊的女孩子耶，真的好嗎？

我拿回公會卡，收進熊熊箱。

「那麼，妳是優奈小姐對吧？關於這次的實地訓練，需要我說明一下嗎？」

「我聽說只要在有危險的時候保護學生，還有回報學生的行為就好。」

「是的，基本上請讓學生保有自主性。就算要去的地方、要做的事不對，也請妳不要干涉他們。不過如果是有危險的事情，請出面阻止。」

或許我果然接了一個麻煩的委託。護衛年齡相仿的對象，不管怎麼想都是麻煩的差事。

接著，老師說明了我昨天也從艾蕾羅拉小姐那裡聽說過的測驗題目。

「也就是說在運送麵粉的途中，如果沒有危險，我只要在馬車裡睡覺就可以了吧？」

「是啊。」

「艾蕾羅拉大人！」

「開玩笑的啦。不過，大部分的時間的確會很閒。只要用妳的方法保護他們就行了，想怎麼做都沒關係。」

老師嘆了口氣。我了解你的心情。我在心裡默默點頭。

聽完一輪說明，我前往要護衛的學生所在的教室。

一走進教室，我就看到四名穿著制服的學生。男生兩人，女生兩人。希雅也在裡面。這四個人似乎就是我要護衛的學生。

簡單形容這四個人的話，一個是頭髮有點長，看起來很聰明的男生；一個是看起來很跩的短髮男生；還有一個散發大小姐氣息的女生；最後是希雅。

「熊？」

「為什麼會有熊？」

「那是熊吧？」

大家的眼睛都在看哪裡？是熊緩和熊急吧？不是我吧？

「好了，安靜。」

老師告誡議論紛紛的學生。

「老師，那隻熊是怎麼回事？」

哪隻熊？

我嗎？還是熊緩和熊急？

「她應該不是要加入我們的新成員吧？」

「她那麼小，應該不可能吧。」

學生正在擅自展開討論時，知道詳情的希雅用不被他人發現的動作微微揮手。

「不對。這隻熊是……咳咳，這位優奈小姐……」

他剛才說熊了吧？他說了吧？老師改口稱呼我的名字。

「是一位冒險者，她會擔任你們的護衛。」

「嗄？你在說什麼啊，老師？不管怎麼看，她都比我們還要小吧。」

我只是個子比較矮而已啦。

「是啊。老師，請不要跟我們開玩笑了。」

短髮少年和大小姐生氣了。

「老師沒有在開玩笑。優奈小姐是個不折不扣的冒險者，是我特地拜託她過來擔任你們的護衛的。你們應該不會不給我面子吧？」

艾蕾羅拉小姐瞇起眼睛瞪著學生。雖然我不知道艾蕾羅拉小姐是什麼立場，學生卻閉上了嘴巴。她的權力果然很大嗎？很大嗎？

「可是……」

「放心吧。我可以保證她的實力。」

如果我是他們，應該沒辦法放心。我是個看起來比他們更小的女孩子，而且穿著熊熊服裝。看到我的打扮，應該不覺得我是冒險者吧，根本不能讓人安心。

如果學生拒絕的話，我是不是就能回去了？

「艾蕾羅拉大人，這個打扮成熊的女生真的是冒險者嗎？可以請她讓我們確認一下公會卡嗎？」

「這句話的意思是你們不相信我說的話？」

奇怪，為什麼會變成這樣？

我覺得這個時候應該給他們看，說服他們才對。不過就算給他們看，他們應該也不相信。

「不，我不是那個意思。可是要相信她，我覺得這是最好的方法。」

「真拿你們沒辦法。優奈，可以麻煩妳嗎？」

我用熊熊手套玩偶的嘴巴夾住公會卡，拿給其他人看。

「職業：熊？」

「是熊呢。」

「真的是熊。」

就說不是看那裡了。為什麼每個人都要看那裡？那不是重點啦。

「冒險者階級C？」

「階級C？」

「C？」

雖然他們看對地方了，這次卻愣住了。

「該不會是那個吧？」

「好像是那個。」

「應該吧。」

那個是指哪個？

「艾蕾羅拉大人，萬一發生什麼事，我們應該不用幫她吧。畢竟她是C級。」

「不用。」

幫我一下啦，我是熊熊喔。

「如果不是我們的責任的話，我沒意見。」

「我也沒意見。而且就算沒有冒險者護衛，我們也能完成這麼簡單的實地訓練。」

為什麼大家說得好像沒有護衛存在一樣？你們看到我的公會卡了吧？冒險者階級C耶。熊熊很強的喔。

我望向希雅，聽見她跟大小姐的對話。

「噯，希雅同學，學校是不是太小看我們了？竟然找那種小孩子當我們的護衛。難道說我們

必須反過來保護她？」

「她那麼可愛，有什麼不好呢？而且這次實地訓練的距離近得不需要護衛，我覺得不用放在心上也行。」

拜託妳們放在心上啦。

「這麼說也沒錯。我們應該不會被魔物襲擊。把這也當作實地訓練的一環那就算了。」

不要就這麼算了，大聲拒絕好嗎？那樣的話我就能回家了。

「卡特蕾亞和希雅也可以接受吧？」

「可以。」

「我當然也可以。」

名叫卡特蕾亞的大小姐型女孩和希雅答道。

嗚嗚，討厭，我好想回家喔。

123 熊熊出發實地訓練

每個學生都對我做了自我介紹。

嘴巴很壞但很有精神的短髮男生是馬力克斯。

看起來很聰明，頭髮稍長的男生是堤摩爾。

一頭銀色長髮，戴著髮箍的大小姐型女孩是卡特蕾亞。

而最後是艾蕾羅拉小姐的女兒，希雅。

自我介紹也很精簡地結束了。

「對了，我一直很好奇，這些小熊是？」

卡特蕾亞看著我腳邊的熊緩和熊急。

「牠們是我的熊。」

聽到我這麼說，馬力克斯笑了出來。

「還帶寵物喔。到底是哪裡來的大小姐啊。」

大小姐？他該不會是在說我吧？

而且熊緩和熊急才不是寵物，牠們是我重要的家人！沒有任何人聽到我內心的吶喊，我們一

行人往停在學校外的馬車前進。我們要在這裡和老師與艾蕾羅拉小姐道別了。聽說實地訓練是從走出教室的瞬間開始。我走在隊伍的最後方，這時希雅放慢速度來到我身邊，小聲對我說：

「優奈小姐，請妳多多指教喔。熊緩和熊急也是。」

希雅用小碎步走著，對熊緩和熊急打招呼。

「妳真的要幫我喔。我只能靠妳了。」

「當然沒問題。」

我現在只能相信她這句可靠的話了。

「對了，他們剛才說的『那個』是指什麼？」

「『那個』嗎？」

另外三個人看到我的公會卡就說了「那個」。我根本一頭霧水。

「沒錯，『那個』。」

「他們大概以為優奈小姐是哪裡來的千金，用錢買了階級吧。」

喔～是說那種和高階冒險者一起承接委託，提升階級的人吧。

「不過就算用那種方法提升階級，事實也會在冒險者圈裡傳開來，其實沒有什麼意義就是了。」

也就是說，他們以為我是用錢買階級的大小姐業餘冒險者嗎?所以才會以為熊緩和熊急是我的寵物啊。

「因為這樣，大家好像認為優奈小姐是千金小姐，而接受了這個安排。」

真是令人討厭的接受方式。也對，聽到穿著熊熊布偶裝，看起來又比自己小的女孩子是C級的冒險者，的確很難相信。既然這樣，讓他們以為這是千金小姐的嗜好還比較好。

我們來到學校外，走向校舍後方。校舍後方有個小屋，走進裡面就可以看到一輛馬車。另外也有馬廄。這裡就是車庫之類的地方吧。

「我們果然是最後一名。」

馬力克斯著急地掃視周圍說道。

「最後一名？」

「除了我們之外還有其他隊伍，每個隊伍都有各自的題目。馬力克斯正在跟其他的男生比賽，看誰可以先回來。」

「真是無聊。」

卡特蕾亞對男生的行為感到傻眼。我也同意她的看法。

「你們在拖什麼？快點準備出發了。」

馬力克斯立刻開始準備上馬車，對我們喊道。馬車的載貨台上有裝屋頂。這樣一來，下雨也不會淋濕吧？

前面繫著兩匹馬，但這樣足以拉動馬車嗎？我經過駕駛座旁，正要繞到後方的時候，馬力克

斯對我說：

「我不知道妳跟我們來有什麼目的，別妨礙我們就是了。」

「是啊。請妳不要妨礙我們，拉低我們的成績。」

兩個男生用瞧不起人的態度說話。我想回家了啦。要不是有希雅在，我早就回家了。

「你們兩個，這樣對優奈小姐太失禮了。她是來護衛我們的，要對她有禮貌一點才行。」

「對這種熊不需要有禮貌。而且還是拿那種假階級，自以為很行的怪熊。」

我才沒有自以為很行呢。我的玻璃心都要碎滿地了。

「保護她或許也是其中一項測驗。」

叫做堤摩爾的男生這麼說道。

「是嗎？這樣的話，我們非得保護這個女的不可嗎？」

「這只是一種猜測。可是，如果把保護她當成是一項測驗，很多事情就說得通了。她可能會給我們錯誤的訊息，再向老師回報我們的行動。」

「喂，是真的嗎？」

馬力克斯這麼問我。

「人家只有拜託我護衛你們而已。」

「她本人或許沒有接獲通知。」

堤摩爾堅持自己的主張。

「真麻煩。希雅、卡特蕾亞，妳們負責照顧那個怪女生和熊。反正妳們都是女的。」

「你憑什麼擅自決定……」

卡特蕾亞正想抱怨的時候，希雅打斷了她的話。

「沒問題，我會負責照顧優奈小姐和熊熊的。」

「希雅同學？」

「妳說的喔。既然說了就要好好看著她。我們可不管。」

兩個男生成功把麻煩人物推給別人，因而高興地笑著走向駕駛座，希雅的臉上也同樣帶著笑容。雙方的笑容大概是不同的意思吧。

「那麼，優奈小姐，我們也坐上馬車吧。」

希雅拉著我的手，從後方的載貨台搭上馬車。

載貨台裡面正如題目，堆著要運送到村裡的麵粉。我找了個空著的空間坐下。熊緩和熊急走到我旁邊，坐到我腿上。

「要照顧熊小姐是沒問題，但希雅同學，妳真的願意嗎？」

「卡特蕾亞也沒問題嗎？我一個人照顧優奈小姐也沒關係喔。」

「不，照顧小孩子是淑女的教養，我沒關係。」

呃～我的工作明明就是照顧他們，立場卻反過來了。這一切都是外表的錯。

「卡特蕾亞，謝謝妳。」

「不必放在心上。那麼，這位熊小姐，如果有什麼事，請妳告訴我們喔。」

卡特蕾亞會這麼說，表示她不信任我這個護衛吧。應該說她根本沒有把我當成護衛看待。熊熊難過得快要哭了。

「話說回來，沒有更好的馬車可以搭了嗎？」

卡特蕾亞看著馬車的內裝，低聲說道。

「卡特蕾亞，這也沒辦法啊。畢竟是用來載貨的馬車。」

「我知道。可是一想到這幾天都要坐這輛馬車，我就覺得鬱悶。」

關於這一點，我也跟卡特蕾亞有同感。要移動的話，我比較想要騎包裹著最高級毛皮的熊緩和熊急。而且因為不能使用熊熊屋，所以也不能洗澡或是在溫暖的床上睡覺。這應該會是一趟非常不方便的旅行。

我看向希雅和卡特蕾亞，她們從道具袋裡拿出坐墊，墊在屁股下。原來如此，用坐墊緩和馬車的震動啊。她們準備得很周到。

「優奈小姐，不嫌棄的話，請用我的坐墊吧。」

希雅向我遞出自己原本坐著的坐墊。她看起來只帶了一個。她該不會是要把自己的坐墊借給我吧？

「不用了，我自己有帶。」

我從熊熊箱裡取出坐墊，上頭繡著熊熊的圖案。這是孤兒院的一個孩子帶著感恩的心送我的禮物。

因為我很高興，所以收在熊熊箱裡。我一邊在心裡感謝做了這個坐墊給我的女孩子——雪莉，一邊把坐墊放好。

「好可愛的坐墊。」

希雅把自己的坐墊放在我附近。

「那個，熊小姐……不，是優奈小姐。請妳多多指教。我們會好好保護妳的，請妳放心。」

雖然卡特蕾亞好像不相信我是C級的冒險者，但似乎是個個性善良的人。既然如此，這幾天的旅行應該還過得去吧。

希雅坐到我身旁，然後抱起我腿上的熊緩。

「牠們果然很柔軟。」

「那個，請問我也可以摸摸妳的熊嗎？」

卡特蕾亞有點害羞地問道。我點點頭後，她戰戰兢兢地伸出手，撫摸熊急的頭。熊急閉起眼睛，露出舒服的神情。

「牠好乖喔。」

「嗯，只要不傷害牠們就不會怎麼樣。」

「我一直覺得熊很可怕，不過這麼一看還真可愛呢。」

卡特蕾亞也抱起熊急。熊緩被希雅抱走，熊急也在這個瞬間被卡特蕾亞奪走了，我覺得有點

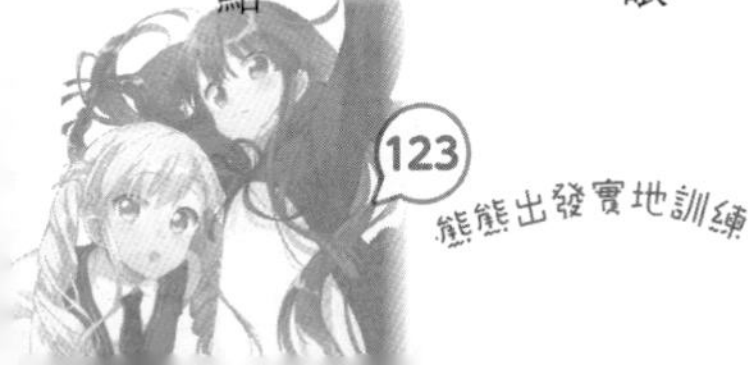

寂寞。不管我的這般心情，坐在駕駛座的馬力克斯向馬車裡喊道：

「好了，要出發了喔。」

「隨時都沒問題。」

「沒問題。」

兩人回應後，馬車開始前進。

馬車在王都內行駛，最後駛出王都。

「那暫時由我們駕車，中午換妳們。」

馬車往前行駛，熊緩被希雅抱著，熊急被卡特蕾亞抱著，我一個人寂寞地坐在搖晃的馬車裡。

多虧了熊熊服裝，就算搖晃，屁股也不會痛，而且坐墊坐起來很舒適。我可要好好感謝幫我做了坐墊的雪莉。在王都買伴手禮回去送給她或許也不錯。

馬車行駛得很順利，為了吃午餐並讓馬休息，我們暫時停了下來。每個人都從道具袋裡拿出麵包等簡單的食物來吃。真是冷清的一餐。

我的熊熊箱裡裝了很多熱呼呼的料理。

不過，我實在是不能拿出冒著熱氣的料理，所以決定吃莫琳小姐幫我做的三明治。

雞蛋三明治、起司三明治、蔬菜三明治、馬鈴薯沙拉三明治、肉片三明治，種類有很多。

不愧是莫琳小姐，每個看起來都好好吃。

「優奈小姐，妳的午餐好像很好吃呢。」

希雅看著我的三明治。

「要吃嗎？」

「可以嗎？」

「可以啊，我有很多。那個叫卡特蕾亞的女生，妳也要吃嗎？」

卡特蕾亞也露出想吃的表情，所以我試著問她。

「可以嗎？」

我把三明治遞給她。卡特蕾亞對我道謝，然後咬下三明治。

「真好吃。比我家廚師做的菜還要好吃呢。」

「因為是優秀麵包師傅做的嘛。」

我就像是自己被誇獎一樣高興。

我們三個正在吃三明治的時候，馬力克斯在稍遠的地方看著我們。我一看過去，他就別開了視線。他怎麼了？

休息時間結束，換女生駕駛馬車了。我的神經還沒有粗到可以和男生一起坐在載貨台，所以和希雅她們一起走向駕駛座。

駕駛座勉強坐得下三個人。韁繩由希雅握著，我抱著熊緩坐到右側。終於把熊緩拿回來了。

順帶一提，熊急坐在卡特蕾亞的腿上。卡特蕾亞似乎很喜歡熊急。

124 熊熊不知道可以說到什麼程度

太陽漸漸下山，於是希雅等人開始準備紮營。

雖說是準備，其實要做的事情很少。頂多就是照顧馬，還有生火。每個人都各自吃了晚餐，接下來只剩睡覺了。

「那守夜的順序是我、堤摩爾、卡特蕾亞、希雅，可以吧？」

「可以。」

所有人都點頭，可是既然沒有我的名字，那就表示我可以睡整晚吧？

馬力克斯坐到營火前顧火。希雅和卡特蕾亞進到馬車裡。

「堤摩爾，你沒關係嗎？」

卡特蕾亞對準備在馬車外睡覺的堤摩爾這麼說。

「我可沒有勇氣和女生一起睡覺。我跟馬力克斯一起睡在外面。」

「那就太感謝你了。和男生在一起，我也睡不著。」

卡特蕾亞對堤摩爾道謝。

我們在狹窄的馬車裡騰出可供三人睡覺的空間。三個人躺下來就幾乎塞滿了。或許就是因為知道這一點，堤摩爾才會拒絕。

希雅她們在狹窄的縫隙裡用毛毯裹住身體，然後躺下。

「過來。」

我拉開毛毯，呼喚熊緩和熊急。熊緩和熊急很高興地跑到我身邊。牠們倆的重量壓在我的肚子上，但多虧了熊熊服裝，我並不覺得有多重。毛茸茸的。

「優奈小姐，我好羨慕妳喔。」

「是啊。如果是這麼可愛的熊熊，我也好想要。」

「我懂妳的心情。我也想要。」

她們兩人看著從我的毛毯中露出頭的熊緩和熊急。就算妳們用那種很想要的眼神看我，我也不會送給妳們喔。我緊緊抱住熊緩和熊急。

「喂，妳們快點睡啦。就算不睡，等時間到了也得換妳們守夜喔。」

馬力克斯的聲音從外面傳來。兩個女生趕緊蓋上毛毯。

「那麼，各位晚安。」

「卡特蕾亞、優奈小姐，晚安。」

「嗯，晚安。」

我還以為會有女生之間的聊天時間呢。不習慣旅行的兩人可能是累了，很快就開始發出熟睡的呼吸聲。

我平常睡覺的時候都會換成白熊服裝，但今天不換衣服。要是換了衣服，一定會被嘲笑。而且我沒有消耗魔力，也沒做什麼會疲勞的事。真要說的話，只有精神層面的疲勞。我沒想到和同年的男生待在一起會是這麼累人的事。會這樣應該也是因為我以前沒有去上學，窩在家裡的關係吧。

我看著趴在我胸前的熊緩和熊急。

「如果有魔物或盜賊靠近，要告訴我喔……還有，我想應該不會，不過如果有男生撲過來也要告訴我。」

熊緩和熊急用不會吵醒另外兩人的小音量叫了一聲「咿～」。我把熊緩和熊急當成抱枕。熊緩和熊急散發出恰到好處的溫暖，讓我感到安心。我也很快就進入了夢鄉。

過了一陣子，我感覺到有人的動靜。我微微睜開眼睛，看到卡特蕾亞站起來。看來換班的時間到了。

「我馬上過去。」

她輕聲向對方說。從順序來看，她說話的對象應該是堤摩爾。卡特蕾亞走下馬車。我抱住熊緩，馬上重回夢鄉。又過了一陣子，卡特蕾亞走回來叫醒了希雅。希雅是最後一個守夜的人，所以再過不久就要天亮了吧。希雅走下馬車，而卡特蕾亞蓋上毛毯，馬上就睡著了。我小心地坐起身，免得吵醒睡著的卡特蕾亞。睡在毛毯裡的熊緩和熊急一臉疑惑地從毛毯裡探出頭。

我連著毛毯一起抱著熊緩和熊急，走下馬車。

「優奈小姐，怎麼了嗎？」

注意到我走下馬車的希雅小聲問道。

「只有我一個人光睡覺不守夜也有點怪。我陪妳。」

我坐到希雅身邊。

「謝謝妳。」

希雅道謝，微微發抖地伸出手用營火取暖。

「會冷嗎？」

「有一點。」

太陽還沒升起，所以天氣可能有點冷。因為穿著熊熊服裝，我感覺不出來。而且我的毛毯裡有暖呼呼的東西抱著我。

我把抱著我的熊緩從毛毯裡抱出來，交給希雅。熊緩歪頭看著我。

「你幫希雅取暖吧。」

「可以嗎？」

希雅說著，把手伸過來。熊緩小聲叫著「咿～」，抱住希雅。希雅把熊緩抱進毛毯裡。

「好溫暖喔。優奈小姐，很謝謝妳。也謝謝熊緩。」

希雅開心地抱著熊緩。

我也把熊急放在腿上，緊緊抱住牠。

「大隻的熊熊很可愛，但小隻的熊熊也很可愛呢。」

嗯，不管是什麼動物，小嬰兒或小孩子都是嬌小又可愛。小獅子或小老虎也很可愛，真不可思議。當然了，熊也不例外。

「抱起來溫暖又舒服，可是讓我有點想睡。」

希雅閉上眼睛，露出舒服的表情。

「不可以睡著喔。」

「是。但是這樣一來，我就能向諾雅炫耀了。」

「炫耀…………」

「因為諾雅會跟我炫耀她和熊熊一起睡覺的事嘛。她說得好開心喔，這不會很令人不甘心嗎？」

真不知道這對姊妹在爭什麼。希雅用臉觸碰熊緩。

「唔唔唔，好舒服喔。」

「真的不可以睡著喔。」

希雅抱著熊緩打了好幾次呵欠，一邊抵抗瞌睡蟲一邊守夜。

然後時間流逝，太陽漸漸升起。

「我差不多該去叫大家起床了。」

希雅站起來，去叫醒其他人。當然了，她依然抱著熊緩。

所有人都起床後，我們吃了簡單的早餐。之後朝著目的地的村子出發。

話說回來，好閒喔。多虧熊緩和熊急，平常移動的時候我都沒有感覺，但過程好無聊。騎著熊緩和熊急移動還可以睡午覺，但擔任護衛的時候也不能在馬車裡睡覺了。就算不這麼做也會被當成沒用的傢伙，所以我不能打瞌睡。

我正在想著這種事的時候，被希雅和卡特蕾亞抱著的熊緩和熊急就「咿～」地叫了起來。

「怎麼了？」

希雅和卡特蕾亞夫撫摸熊緩和熊急，可是牠們還是叫個不停。

「優奈小姐，熊緩和熊急突然開始叫了。」

我接過熊緩和熊急。熊緩和熊急先看著我，然後望向馬車前進的方向。

該不會是魔物！

我使用探測技能確認周圍。馬車前進的方向有哥布林的反應，數量是五隻。再繼續前進肯定會遇到。

遇到這種情況該怎麼辦？

我該告訴其他人，還是保密呢？還是應該由我來打倒魔物？

只有五隻哥布林的話，希雅他們應該也打得贏吧？而且人家告訴我不要太多嘴，但是又不能

不護衛學生。

唔唔唔唔唔！該怎麼辦才好？

「優奈小姐，熊緩牠們在說什麼？」

我正在煩惱的時候，希雅跟我說話。我可以告訴她嗎？

可是，我一個人想破頭也得不出答案。既然希雅負責支援我，我應該可以告訴她吧。我靠近希雅，在她耳邊用別人聽不到的小音量說：

「熊緩和熊急好像發現附近有魔物。」

「魔物……牠們能得知這種事嗎？」

希雅驚訝地看著熊緩和熊急。

雖然是我用探測技能確認實際的地點和方向，但先發現的的確是熊緩和熊急。

「是啊，因為牠們很特別。」

聽到我說特別，希雅表示贊同。知道牠們是召喚獸，還可以變大變小的希雅一聽到這句話就理解了。

「所以，畢竟是實地訓練，我不知道可不可以告訴大家。」

我坦白地說。我不是老師，就算有不強不弱的魔物跑出來，我也不會判斷。如果是半獸人之類打不贏的魔物就另當別論了。

「是真的對吧？」

我點點頭。我眼前的探測技能顯示著哥布林的位置，可是希雅看不到這個畫面。

「我知道了。其實最好是不要說，可是為了讓大家相信優奈小姐，我覺得這次說出來會比較好。」

「可以說嗎？」

「如果熊緩和熊急可以找到魔物，大家最好能事先知道。萬一發生什麼事的時候，馬力克斯他們不相信的話就糟糕了。」

往返王都附近的村落會發生什麼萬一嗎？連接城市的主要道路基本上不太會遇到魔物，因為會被冒險者打倒。

所以這次的遭遇也很稀奇。

希雅挺起身子，對握著韁繩的馬力克斯他們開口：

「附近好像有魔物。馬力克斯，把馬車停下來！」

聽到希雅的聲音，嚇了一跳的馬力克斯停下馬車。

「什麼！魔物嗎！在哪裡！」

馬力克斯左顧右盼，確認周圍的情況。

「還沒遇到。這前面好像有魔物。」

「前面……？我沒看到什麼魔物啊。」

馬力克斯往前看，卻沒看到魔物的蹤影。那是當然的。牠們在更前方的右側。

「可是，優奈小姐的熊熊說前面有魔物。」

「熊？妳是說那隻熊抱著的熊嗎？」

馬力克斯露出懷疑的表情，然後看著我。

「真的嗎？」

馬力克斯問我。

「牠們說在前面的右邊。」

馬力克斯不相信我的話，看著熊緩。

「馬力克斯，動物的鼻子很靈，可能聞得出來。」

聽到我們對話的堤摩爾幫我說話。

「……知道了。總之一邊確認周圍一邊前進吧。」

所有人都贊成馬力克斯的話。馬力克斯握起韁繩，駕駛馬車前進。

「優奈小姐，原來熊緩牠們還有那種能力啊。」

「是啊。牠們可以告知危險，所以也能當護衛。」

「這麼說來，妳的熊很厲害，但妳卻沒什麼用處嘛。」

馬力克斯用帶刺的語氣說道。可是依照剛才的說法，既然魔物是熊緩發現的，我的確沒有發揮什麼作用。

「馬力克斯，你怎麼可以這樣說話。」

「這是事實吧。」

在他眼裡看來，熊緩和熊急好像很厲害，而我很無能。算了，實際上我的確沒什麼表現。

不過，只要讓他們相信熊緩和熊急，今後如果遇到危險，他們也會相信的。那樣一來也能避開危險，現在光這樣就夠了。

「對了，我想確認一下。哥布林或野狼這類的魔物，你們打得贏嗎？」

「是的，雖然要看數量而定。如果是哥布林或野狼這種程度的話沒問題。」

「區區哥布林，當然打得贏了。」

兩個女生說著很可靠的話。

「那我就不幫忙了，但是有危險時會出手喔。」

「少瞧不起我們！我們才不需要妳這種熊的幫助。只不過是魔物，我們自己能處理。妳們也是，與其相信那隻熊，不如好好確認周圍。」

聽到我們對話的馬力克斯插嘴說道。

不過，他沒有說「我一個人」呢。有確實把同伴列入考量的心態很好。遊戲也一樣，比起一個人有勇無謀地往前衝，當然是和隊友並肩作戰才能輕鬆地打倒敵人。

既然如此，這次大約只有五隻哥布林，我應該只要在一旁看著就行了。而且這畢竟是實地訓練，插手太多也不太好。

馬車繼續前進，應該就快要看到了。

「馬力克斯，你看。」

堤摩爾的聲音促使所有人往前看。前方的右側有五個蹤影，是哥布林。馬力克斯停下馬車，不敢相信地注視著哥布林。

「就跟熊熊說的一樣呢。」

「馬力克斯，要怎麼辦？」

聽到希雅的話，馬力克斯回過神來。

「我們兵分二路。我和堤摩爾走右邊，希雅和卡特蕾亞從左邊發動攻擊。」

馬力克斯下指示，所有人點頭回應。

「那麼，優奈小姐，我們出發了。」

馬力克斯走下馬車，希雅等人也跟了上去。等一下，所有人都要下車嗎？馬車要怎麼辦？我不會駕駛馬車耶。要是馬擅自跑起來的話怎麼辦？

不知道為什麼，他們把韁繩交給留在馬車上的我，我也沒有多想就接了過來。四個人沒有理會我的不安，往哥布林走了過去。

要是哥布林靠近，使馬暴衝就傷腦筋了。這樣看來，最危險的地方應該是我這裡吧？

「熊緩、熊急，你們會駕駛馬車嗎？」

我不抱期待地問道。搞不好熊緩和熊急還會駕駛馬車。

可是熊緩和熊急叫著「「咿～」」，好像在說「我們不會啦」。

「我想也是。」

為什麼呢？比起待在成群的哥布林裡，一個人待在馬車的駕駛座還比較可怕。

我只好祈禱馬不會擅自亂跑了。

125 熊熊守護學生

馬力克斯等人一接近哥布林，哥布林也注意到他們的存在。馬力克斯等人各自舉起武器。

聽說馬力克斯不太會用魔法，以劍術為主；堤摩爾則相反，擅長用魔法。希雅和卡特蕾亞是兩種都會用的萬能型。所以，馬力克斯、希雅、卡特蕾亞是前衛，堤摩爾位在陣形的後方。

我看向哥布林，牠們的手上握著粗木棒，只要不被打中就沒什麼好怕的。哥布林一看到馬力克斯等人，就發出「嘰嘰嘰嘰嘰」的吼聲。

我一邊祈求馬不要擅自亂跑，一邊看著四個人的戰鬥。

馬力克斯和希雅、卡特蕾亞跑了出去。希雅和卡特蕾亞邊跑邊放出風魔法。一陣風從下方吹起，捲起沙塵襲向哥布林。哥布林發出「嘰嘰嘰嘰」的叫聲，閉上眼睛，開始胡亂揮舞手上的武器。馬力克斯靠近哥布林，砍斷牠的手臂。希雅和卡特蕾亞也如法炮製。堤摩爾也從後方施放魔法，掩護馬力克斯。

戰鬥進行得很順利。是在學校學到用風吹起沙子遮蔽敵人視線的嗎？如果是我的話，一開始就會用魔法砍掉敵人的首級了。希雅他們辦不到嗎？

我很少看別人用魔法，所以不知道怎麼分辨強度。我到了這個世界還是個獨行俠。畢竟有了熊熊裝備，我根本不需要同伴。

戰鬥發展是馬力克斯等人佔優勢。我本來還以為他們可能會需要幫忙，但看來沒有必要。雖然數量是哥布林比較多，但希雅他們比較強。馬力克斯會確實給予敵人致命傷，堤摩爾也會小心不傷及同伴，用魔法支援他們。

艾蕾羅拉小姐也說過，數量大約相同的哥布林似乎沒問題。

哥布林對馬力克斯揮下手上的木棒，但被馬力克斯用劍擋下了。這時卡特蕾亞從後方用劍貫穿敵人的身體。

「希雅，只剩一隻了。」

「了解。」

希雅在手上匯集魔力，朝著哥布林放出火球。火球命中哥布林，阻止牠的行動。這時希雅馬上揮下劍。劍斬斷哥布林，終結牠的性命。

喔～做得好。

「沒什麼大不了的嘛。」

的確沒有什麼危險，但魔法的攻擊力好像很弱。還是我的魔法太強了呢？

可是既然能打倒哥布林，就表示他們有E級菜鳥冒險者的實力。這麼一想，學生這樣應該算

很強了。

之後如果遇到半獸人，不知道會怎麼樣。只有一點實力是打不贏的。半獸人出現的話，就輪到我出場了吧？

另外還可以明顯看出他們的經驗不足。會像遊戲的新手一樣，不知道該攻擊哪裡才好。

我在遊戲的世界和魔物或玩家戰鬥過幾千、幾萬次。我死了無數次，輸了無數次，累積起許多經驗。有些經驗要在死亡或敗北中得到。透過吃敗仗，能夠得到下次反敗為勝的力量。像是自己還缺乏什麼、還需要什麼。可是，這些人無法經歷落敗的體驗。只要輸了就等於死亡。這是一死了就結束的現實世界，所以他們沒辦法像我所經驗過的一樣獲得經驗。

相反地，我沒有操縱馬車的經驗，所以沒辦法駕駛馬車，一個人待在駕駛座也會感到不安。經驗會化為人的力量。不管是技術層面，還是精神層面，經驗都能讓人成長。如果我沒有在遊戲裡累積經驗，就算有熊熊裝備，應該也會吃一番苦頭。

我想就是因為如此，學校才會為了讓學生累積各種經驗而舉辦這場實地訓練。艾蕾羅拉小姐和國王也說過，實地訓練是為了讓學生學到經驗。

旅行的勞累、馬匹管理、紮營的辛苦、魔物的恐怖、和同伴互助合作、與旅行護衛之間的信賴關係等等，其他還有很多。和魔物戰鬥也是其中之一吧。

我理解到自己的責任是確保學生能夠安全地吸收這些經驗。

真是一件困難的事。等我回去了，真想跟艾蕾羅拉小姐抱怨幾句。

「沒想到真的有哥布林呢。」

「是啊。」

「不過，這樣一來就證明熊熊能夠發現魔物了呢。」

希雅高興地說。

「雖然很難以置信。」

所有人都看著坐在我兩旁的熊緩和熊急。熊緩牠們受到眾人注目，歪起了頭。

「不是偶然嗎？」

大概是不想相信，馬力克斯開始說出這種話。

我看著坐在旁邊的熊緩和熊急。嗯，的確很難相信。牠們看起來就像是普通的小熊。如果這裡不是異世界，我應該也不會相信。

不過，有人代替我說話了。

「熊熊怎麼可能會說謊嘛。」

「就是啊。」

希雅和卡特蕾亞瞪著馬力克斯，這麼質問他。馬力克斯一步一步往後退，希雅和卡特蕾亞則一步一步逼近他。

「熊熊已經證明了吧。」

「如果可以偶然發現，那你可不可以也偶然告訴我們魔物出沒的地點？」

卡特蕾亞提出無理的要求。兩人又踏出一步。

「知道了啦。我信，我信就是了，妳們不要這麼生氣。」

「知道就好。」

兩人露出滿意的表情，離開馬力克斯。

「話說回來，竟然可以發現魔物，這些熊真厲害。」

堤摩爾注視著熊緩和熊急。如果他有戴眼鏡，應該很適合做推一下眼鏡中央的動作。可是如果他在我面前這麼做，我可能會打爆他的眼鏡。

「總而言之，幫了大忙。」

馬力克斯很粗魯地道了謝。接著，他開始指示大家處理哥布林。

這是因為如果不處理打倒的魔物，屍體會吸引其他魔物聚集。所以打倒之後要把屍體埋到洞裡，或是用火燒掉。課堂上應該也有學過，大家都有確實處理好。

「不過這樣一來，只要有熊熊在，實地訓練也可以放心了呢。」

處理完屍體的卡特蕾亞走回來，抱著熊急坐上馬車的駕駛座。我假裝要讓位給卡特蕾亞，把轠繩交給她。卡特蕾亞就這麼接過了轠繩。

很好，這樣就算馬動了也放心了。我的戰鬥也結束了。

「可是下次開始如果是哥布林這種程度的魔物，我就不會提醒了，你們要自己應付喔。除了危險的時候以外，我什麼都不會做。這次是特別優待。」

「也對。我們要自己努力才行。」

「無所謂，就算不靠熊通知，哥布林這種小角色出現幾隻都沒問題。」

坐進載貨台的提摩爾和馬力克斯回答。

「我先確認一下，你們最多可以對付幾隻？」

「幾隻都沒問題！」

馬力克斯回答。

「真的？」

我不是問馬力克斯，而是希雅。

「如果是一對一戰鬥，我們可以應付到一定程度。被包圍的話一個人兩隻，努力點的話三隻應該是極限了。」

也就是說，兩倍的數量還沒問題吧？

如果出現十隻左右的話就要注意了。

馬力克斯等人坐上馬車，重新朝村子出發。

在目的地之前，我們只又遇到了一次魔物。

因為數量是四隻，所以我交給他們四個人處理。這次比上次更順利地打倒敵人了。應該是因為活用了上次戰鬥的經驗吧。

馬車繼續前進，前方出現了一座村子。

這樣就走完一半的路程了。

126 熊熊參觀村子

馬力克斯一行人抵達村子時，受到了居民的歡迎。馬車被帶領到村子中央類似廣場的地方。馬力克斯把馬車停下來，走下馬車。接著下車的是堤摩爾、抱著熊緩的希雅和抱著熊急的卡特蕾亞。

村民很驚訝有人抱著熊，當我走下馬車時，他們又發出更加驚訝的聲音。「熊？」、「熊？」、「是熊熊耶。」、「為什麼要穿成那樣？」、「王都有那種衣服嗎？」我聽見各式各樣的聲音。我把熊熊連衣帽往下拉，遮住臉。結果連衣帽的熊耳更豎立起來，讓我更像一隻熊。可是總比被看到長相好。

這個時候，有位年長男性走過來。

「歡迎各位光臨。我是這座村子的村長，叫做卡波斯。」

年長男性向我們打招呼。

「我是學校派來的馬力克斯。我們運送過來的貨物放在馬車裡面。」

馬力克斯作為代表有禮貌地回應。

話說回來，這支隊伍的隊長是馬力克斯嗎？剛才和哥布林戰鬥的時候是馬力克斯發號施令，

決定守夜順序的人也是馬力克斯。

玩遊戲的時候也是，如果是男女混合的隊伍，幾乎所有隊伍的隊長都是男人呢。

「謝謝各位。那麼，馬車暫時由我們保管。我們幫各位準備了房間，請慢慢休息。」

村長一下指示，一名男人靠近馬車。拿著韁繩的堤摩爾把馬車交給他。村長看著馬車，露出疑惑的表情。

「有什麼問題嗎？」

「不，我原以為馬車裡會有冒險者。請問只有各位學生獨自過來嗎？」

冒險者在這裡喔，就在你附近。他該不會也把我當成學生了吧？

除了我之外的人都穿著制服，外面套著深藍色的斗篷。只有我打扮成熊的樣子，看起來應該不像學生。雖然也不像冒險者就是了。

「我聽說學校會請冒險者護衛學生呢。」

村長說完，希雅等學生都看向我。

「要找冒險者的話，她在這裡。」

馬力克斯用尷尬的表情望向我。是怎樣？那種像是在苦笑的表情是什麼意思？我是不折不扣的冒險者喔。

「呃～這位可愛的熊姑娘就是冒險者嗎？」

「是，姑且算是。」

什麼姑且，太失禮了吧。我是真正的冒險者啦。我有給你們看過公會卡了吧，我是C級喔。

村長一臉不可思議地看著我。

「為了表示歡迎，我們還準備了酒要招待冒險者呢。」

村長露出困擾的表情。擺出那種臉也沒用，我才傷腦筋呢。再說，難道冒險者就一定是可以喝酒的年齡嗎？

「那麼，請問房間要怎麼安排呢？要和學生分開，還是住在一起呢？當然了，男性和女性會分開，請放心。」

村長像在打量我一樣，一直盯著我看。我知道熊熊布偶裝很稀奇，但請不要一直看著我。

「我們住同一間房就可以了。」

如果跟希雅她們住在一起，就可以護衛希雅和卡特蕾亞。至少可以保護希雅和卡特蕾亞的性命。

「那麼各位從王都來到這裡很累了吧？請到房間裡慢慢休息。」

我們來到一棟比周圍的房子更大一號的房子。看來這裡似乎是村長的家。我們一進屋就被帶到二樓的房間，男生和女生分別進入不同的房間。

「那麼等晚餐準備好了會來通知各位，在那之前請好好休息。」

村長帶我們過來之後就離開了。

「唉，好累喔。」

卡特蕾亞坐到椅子上。

「真的。」

希雅也坐上卡特蕾亞身旁的椅子。

「優奈小姐真有精神。」

「我好歹也是冒險者嘛。」

我只是因為有熊熊裝備，所以不會累而已。如果沒有熊熊裝備，我應該第一天就累了。

「優奈小姐，妳真的是冒險者嗎？」

「我是冒險者啊。不是給你們看過公會卡了嗎？」

「是沒錯，但希雅同學和優奈小姐早就認識了吧？」

「……妳在說什麼呢？」

希雅避開卡特蕾亞的視線，我也把連衣帽往下拉。

「就算說謊，我也看得出來喔。因為希雅同學早就知道熊熊的名字了。」

卡特蕾亞這麼說，撫摸懷裡熊急的頭。

「…………」

「而且，從妳對優奈小姐的態度就看得出來。」

「…………」

「最重要的是，妳們晚上守夜的時候有一起聊天吧。」

完全曝光了。她好像也發現我和希雅一起守夜。

「……不要告訴馬力克斯和提摩爾喔。」

「是可以，但為什麼要瞞著我們呢？」

「因為這是這次實地訓練的其中一項測驗。」

希雅有點難以啟齒地回答。

「原來是這樣啊。我都不知道，對不起。」

「沒關係啦。而且測驗的內容也不只這一項。」

「那麼，妳也早就知道關於熊緩和熊急的事了吧？」

「嗯，早就知道了。牠們非常可愛吧。」

希雅把自己抱著的熊緩放到桌上。

「那麼，妳也早就知道熊熊能找出魔物了嗎？」

「這點我之前不知道。因為優奈小姐完全沒有跟我提過。」

希雅看著坐在床上的我。

「因為這是祕密嘛。而且也沒有機會提到這件事。」

「我問妳，希雅同學，優奈小姐真的是冒險者嗎？」

我就說是冒險者了嘛。這一切果然都是外表的錯吧？

「這就交給卡特蕾亞自行想像了。」

噯，實力之類的事暫且不論，至少要肯定我是個冒險者啊。

休息了一陣子後，晚餐似乎準備好了，於是我們被叫到樓下的房間。

餐桌上擺著村長夫人做的料理。

「菜有很多，不要客氣，儘管吃吧。」

「謝謝。」

馬力克斯以代表的身分道謝，開始享用晚餐。我們接著開始閒話家常。村長和夫人似乎怎麼樣也無法相信我是冒險者。

「那麼明天就參觀村裡好嗎？」

實地訓練的題目除了運送貨物之外，似乎還包括了參觀村子。

艾蕾羅拉小姐，我沒有聽說這件事喔。

住在王都的學生應該不曾來過村落，像希雅這種貴族女兒更少有機會進到村裡，所以或許能從中學到什麼。

可是，要參觀村子啊。希望可以見到什麼有趣的東西。

吃完晚餐，今天就回到房間休息了。

可是，我的懷裡既沒有熊緩也沒有熊急。熊緩在希雅的懷裡，熊急則在卡特蕾亞的懷裡。她們兩人可能是累了，一鑽進被窩就馬上發出熟睡的呼吸聲。我沒辦法從兩人的手中抱回熊緩和熊急，只好一個人睡覺。

嗚嗚，好寂寞喔。

隔天，我們跟著村長在村子裡參觀。

這裡和我以前去過的村子沒有什麼不同。有農田，也有牛隻。這裡並沒有種植特別稀奇的蔬菜，感覺是個非常普通的村莊。

真要說有什麼問題的話，那就是村裡的小孩子跟在我們的後面。他們好像都對希雅和卡特蕾亞抱著的熊緩和熊急很好奇。不用說，他們的注目焦點也包括了我。

「不好意思，他們覺得妳的打扮很稀奇。王都有人會穿這樣的衣服嗎？」

「呃……」

「沒有。王都根本沒有人會這樣穿。」

馬力克斯代替我回答。

雖然是事實，但也不必說得這麼斬釘截鐵吧。搞不好真的有人這樣穿。

……雖然我試著想像，但根本沒有人會穿布偶裝吧。

我們接著前往一個有點大的倉庫？類似小屋的地方。這裡是什麼地方？裡面有養牛嗎？

村長叫孩子們在外面等，領著我們進入小屋。

「線？」

一走進小屋，就可以看到女人們在製作絲線。

「這些是村裡的特產，她們正在加工蠶絲。」

原來這個世界也有蠶啊。那是高級材質呢，是要拿來做衣服嗎？

我掃視小屋內，覺得有點不對勁。這棟小屋裡面給我一種異樣感，可是我不知道異樣感來自何處。

我正在思索時，村長繼續說明下去。據他所說，村民把蠶養在森林裡。他們會把繭搬到村子，紡成絲線，再編織成布料。

繭…………

就、就是這個。問題在於繭。繭好大，比人類的頭部還要大。為什麼會這麼大？

雖然異樣感消失了，卻產生了新的疑問。

聽說絲線和加工過的布料會賣到王都。往牆邊的置物架看過去，上面放著各種不同的絲線和布料。

「優奈小姐，妳不覺得這塊布很漂亮嗎？」

希雅給我看一塊淡藍色的布。

「不，我覺得這塊布比較漂亮。」

卡特蕾亞和希雅互相比較誰選的布比較漂亮。我覺得兩者都很漂亮。馬力克斯和堤摩爾看起來沒什麼興趣，卻還是安靜地聆聽解說。

這些布可以買回去當伴手禮嗎？要回去的時候問問看吧。

也說明完小屋的內部後，我們走到戶外。

127 熊熊去救村民

參觀完製作絲線的地方，我們走到外面與等待的小孩子會合。然後，當我們再度一起邁出步伐時，遠處有叫聲傳來。同時，希雅和卡特蕾亞抱著的熊緩和熊急叫了起來。

「有魔物！」

這句話讓大家都繃緊神經。我馬上使用探測技能，上頭顯示出五個哥布林的反應，再遠一點的位置有三個反應。我確認到魔物的同時，有人過來了。

「怎麼了？」

「村長，田裡有魔物出現。」

「哪種魔物？有幾隻？」

「是哥布林。我看到了三隻。」

正確來說是五隻，再遠一點的地方還有三隻。

「帶男人們過去。」

村長下達指示。

「我們也去。」

馬力克斯對村長這麼說，可是村長不贊成。

「不，各位學生請待在屋子裡。如果只有三隻哥布林，我們也有辦法處理。」

我看了看探測技能，發現牠們開始聚集到同一個地方，五隻已經增加為八隻。這或許有點危險。

「希雅。」

我小聲呼喚希雅。

「怎麼了嗎？」

「數量變成八隻了，我想交給妳判斷。要不然我去也可以。」

「……不，讓我們去吧。」

「可是這和實地訓練沒有關係喔。」

「如果沒有聽到優奈小姐所說的話，我會選擇乖乖回到屋子裡等待。不過既然知道了，我就不能那麼做。」

希雅把熊緩交給我，走向馬力克斯等人。

「哥布林的數量好像增加了，我們也去吧。」

「希雅？」

「希雅同學？」

聽到希雅說的話，馬力克斯等人都很驚訝。

「馬力克斯，你的劍是裝飾品嗎？堤摩爾又是為什麼擁有魔法？卡特蕾亞……」

「就算妳不說，我們也知道。力量是用來保護自己，保護弱者的。」

卡特蕾亞轉過身來把熊急交給我。

「是啊，我們走！」

馬力克斯喊道，往村裡男人前進的方向跑去。

村長雖然想要阻止，他們四人卻不聽。我也不能不管學生，自己一個人留在這裡。我放下熊緩和熊急，追在他們四人後面。

我抵達現場時，哥布林和村民正在對峙。

馬力克斯下指示後，四個人散開。接著，他們確實地一一打倒哥布林。如果是八隻左右的哥布林，他們的實力足以應付。最後學生和村民互相合作，將哥布林全數打倒了。

嗯，輪不到我出場呢。

村民為了答謝我們，請我們吃了一頓豐盛的午餐。

「這次很謝謝各位幫我們打倒魔物。多虧有各位，才沒有造成嚴重的傷亡。」

「這裡平常會像這次一樣，有魔物出現在村子附近嗎？」

「不，雖然曾在稍遠一點的森林裡發現過，但都沒有跑到村子附近。魔物也不是傻瓜，牠們不會靠近有很多人類聚集的地方。」

「可是，有人在森林裡看過魔物嗎？」

「有的，最近也有收到魔物數量增加的報告。因此，我們正在討論是否要向冒險者公會提出狩獵的委託。」

村長在說話時，堤摩爾和卡特蕾亞、希雅的視線莫名地轉向馬力克斯。

「幹嘛？」

「不，我只是在想既然是馬力克斯，應該會說『我去吧』。」

「或是『交給我吧』。」

「要不然就是『我來狩獵牠們』之類的話。」

「如果有人受到攻擊，我的確會幫忙，可是魔物只是在附近亂晃而已吧。既然這樣就是冒險者的工作。」

根據村長的說法，哥布林似乎棲息在相當遠的地方。可是，牠們以前都沒有來到有人居住的這一側。

大家一邊吃飯一邊聊天的時候，門被用力打開。

「老爸！」

打開門的男人衝進屋子裡。

「迦蘭！怎麼突然衝進來了？客人還在啊。」

「老爸，現在不是說這個的時候。蠶巢附近出現魔物了。」

「你說什麼？」

「我想辦法逃了過來，可是古恩和蓋爾德被困在小屋裡了。」

「那魔物有幾隻！」

「有十隻以上的哥布林。可是在回村子的路上，我又看到了幾隻。搞不好有二十隻以上。」

「又是哥布林嗎？到底是怎麼回事？」

「老爸，『又是』是什麼意思？」

「剛才也有哥布林出現在村子裡。是在場的學生們幫我們打倒了。」

村長站起來大喊：

「現在最重要的是召集男人。我們馬上出發去救人。」

「可是大部分的男人都去工作了。現在要召集幾十個男人的話，時間可能……」

哥布林的數量和剛才不同，有兩倍，甚至更多。找幾個外行人與哥布林戰鬥，說不定會被反過來幹掉。要打倒牠們，就得集合一定人數才行。

「總而言之，能找幾個是幾個。到時候再想辦法。」

這時候只能由我這個冒險者出面了。我正要開口的時候，馬力克斯從椅子上站起來了。

「我們去救他們。」

「馬力克斯？」

所有人聽到馬力克斯的話都很驚訝。

「有人被魔物攻擊，陷入危機了。正常人都會幫忙吧。」

「可是你剛才不是說要交給冒險者嗎？」

「剛才和現在的狀況不同吧。現在有人來不及逃跑，如果不馬上去救人，說不定會來不及。難道說村民死掉也沒關係嗎！而且如果找人需要時間，可以馬上去救援的我們就應該行動。」

馬力克斯說得沒錯。現在有人正遭到魔物襲擊，他們躲藏的小屋也不曉得能撐到什麼時候。雖然不知道能召集到幾個村裡的男人，但是花太多時間準備可能會來不及。

現在只能由我出馬了。

「希雅妳們也說說馬力克斯吧。」

我正要自告奮勇的時候，堤摩爾先開口了。

「我無所謂喔。」

「卡特蕾亞？」

「剛才有提到敵人是哥布林吧？雖然數量有點多，但我們應該可以應付。而且，明明能夠伸出援手，我沒辦法見死不救。希雅同學覺得呢？」

被卡特蕾亞問到的希雅偷瞄了我一眼。我不發一語地把連衣帽往下拉，保持沉默。艾蕾羅拉小姐交代我要讓學生自由行動，可是危險的時候要出手幫忙，所以我不會阻止學生去打倒魔物。獨立思考並行動才是實地訓練。如果希雅他們說要去，我也會一起跟過去。如果希雅他們決定不

去，就由我去救人。

「希雅同學？」

希雅被卡特蕾亞催促，再次看了我一眼。然後，她馬上轉頭面向卡特蕾亞等人。

「可以，但是有條件。」

「條件？」

「首先是不可以太勉強，要四個人一起行動。還有，除非是一定能贏的戰鬥，否則要放棄。另外，也要借助優奈小姐的熊熊力量。如果能知道魔物的位置，也能減少危險吧。」

其他三人思考著希雅的提議。

「希雅同學說得的確有道理。有熊熊的力量就能降低危險度，救援也會比較輕鬆。」

「是啊。」

「如果可以借助那些熊的能力，我也可以去。那樣就不會被從後方偷襲了。」

「優奈小姐也同意嗎？」

這個嘛，他們已經知道熊緩和熊急的力量，我也沒理由拒絕。希雅或許是想要找藉口帶我一起去。如果需要熊緩和熊急的力量，他們應該也不能拒絕我同行。在這裡爆發爭論也只是浪費時間。

所以，我贊成希雅的提議。

「沒問題。」

我一答應，所有人就站了起來，準備出發去救人。

「各位……」

村長對學生們的行動感到不知所措。

「村長，請問有人可以幫我們帶路嗎？」

村長看著學生們的臉。

「沒有時間慢慢考慮了。」

「我明白了。」

村長看著剛才走進屋子裡的自家兒子。

「迦蘭，他們雖然還是學生，但擁有打倒哥布林的實力。你幫他們帶路吧。」

名叫迦蘭的男人看著學生們，然後點點頭。

「我知道了。跟我來吧。」

「各位，請千萬不要勉強。」

村長低下頭。

馬力克斯等人趕緊出發。

聽說目的地的小屋位在山腰。我們搭乘馬車移動到山的入口。

「從這裡開始馬車無法進入，所以要用跑的。」

迦蘭先生停下馬車，對大家說道。

迦蘭先生走下馬車，馬力克斯等人也跟著下車。我們前進的方向有人為開闢的小徑。這種路的確沒辦法供馬車通行。這條路的前方似乎有村民避難的小屋。

我們快步在道路上前進。

熊緩和熊急用小巧的腳跟在我後面。我啟動探測技能。雖然很零散，但是有魔物的反應。我原以為只有哥布林，卻還有野狼的反應。

順帶一提，我有拜託熊緩和熊急在魔物靠近的時候要叫。

迦蘭先生帶頭跑在前頭。雖然道路還算寬，卻凹凸不平。

前方有兩個哥布林的反應。熊緩和熊急似乎也有發現，發出「咿～」的叫聲。

「優奈小姐！」

「魔物要來了。」

迦蘭先生停下腳步，馬力克斯站向前。

「從右邊！」

我喊出哥布林在的方向。馬力克斯和希雅警戒右邊，右側的森林裡就出現了兩隻哥布林。馬力克斯和希雅穩穩地各自打倒一隻。

「優奈小姐，還有嗎？」

「不用擔心，附近沒有了。」

我一說完，眾人隨即朝小屋跑去。

所有人都沒有開口，默默地跑著。我多虧有熊熊鞋子，不會覺得累，但大家都沒有抱怨地不停奔跑。雖然堤摩爾看起來有點吃力，還是努力地跑在馬力克斯後面。

「又有魔物從右邊來了。」

我喊道後，馬力克斯和希雅上前應付，卡特蕾亞和堤摩爾則從後方用魔法掩護他們。

「還沒有到嗎？」

「就快到了。」

迦蘭先生回答馬力克斯的問題。迦蘭先生答道。我的探測技能也來到能偵測到人類反應的距離。周圍也有魔物的反應。可能是因為躲在小屋裡，他們好像都還平安。幸好有趕上。

除了我之外的所有人都氣喘吁吁。如果沒有一整套熊熊裝備，我肯定一進入森林就喘得再也跑不動了。家裡蹲的體力就是這麼差。

所有人在這裡暫時調整呼吸，補充水分。

「優奈小姐真厲害。妳不會累嗎？」

「這個嘛，我畢竟是冒險者，有在鍛鍊啦。」

是的，我說謊。我根本沒有鍛鍊過，就算有也是三分鐘熱度。

所有人都用尊敬的眼神看著我。就連那個馬力克斯也對我露出不敢相信的表情。

「那麼，我們走吧。」

迦蘭先生帶頭往前跑。

登上一小段上坡，我們就看到了小屋。屋子周圍有十隻左右的哥布林。

「馬力克斯，怎麼辦？」

「再不快點，小屋會被打壞，我們直接去打倒牠們。我和希雅跟卡特蕾亞衝到前面，堤摩爾從後方確認整體的動向，用魔法掩護。」

「知道了。」

「我明白了。」

「好。」

馬力克斯叫我和迦蘭先生躲起來，然後跑了出去。但是我可不能就這麼躲著。為了預防突發狀況，我也跟上馬力克斯等人。

128 熊熊與黑虎戰鬥

Black Tiger

哥布林正在敲打小屋。小屋到處都是遭到破壞的痕跡。可是，我們似乎及時趕上了。哥布林正要闖進小屋，沒有發現馬力克斯等人的存在。哥布林的數量總共是十二隻。

馬力克斯、希雅、卡特蕾亞第一擊打倒了三隻。同時，其他哥布林注意到了馬力克斯等人。

對此，堤摩爾放出火焰魔法，將哥布林分散開來。可是，有兩隻哥布林往堤摩爾的方向攻過來。

「卡特蕾亞！妳去掩護堤摩爾！」

「可是那樣的話，這邊會……」

沒錯。如果卡特蕾亞到堤摩爾那邊，馬力克斯和希雅就得對付七個敵人。

「不用擔心我。」

堤摩爾施放魔法。

「希雅！卡特蕾亞！我們快打倒牠們。」

「了解！」

「知道了！」

馬力克斯揮劍，希雅、卡特蕾亞則用魔法和劍打倒哥布林。堤摩爾也像自己所說的，一個人對付兩隻哥布林。可是，其中一隻朝我和迦蘭先生跑過來。

「小姑娘，危險！」

跟在我後面的迦蘭先生想要跑到我的前方，但我使用風魔法砍斷了哥布林的頭。迦蘭先生驚訝地看著我。

雖然多出現了五隻，但是多虧偷襲成功，眾人成功殲滅了哥布林。

「這樣就結束了嗎？」

「好像是。」

迦蘭先生確認哥布林都被打倒了之後，往小屋大喊：

「古恩！蓋爾德！」

迦蘭先生一喊，有兩名男性一邊確認周圍，一邊從殘破不堪的小屋走了出來。

「是迦蘭嗎？」

「已經沒事了。從王都來的學生幫忙打倒了哥布林。幸好有趕上。」

三人確認彼此的安危，互相擁抱。

「你們救了我們，謝謝。」

三人向馬力克斯等人道謝。

「可是，為什麼哥布林會出現在這裡？」

「不知道。哥布林棲息的地方或許發生了什麼事。」

最有可能的是要逃離冒險者的討伐。要不然就是有更強的魔物出現，把牠們從巢穴趕了出來。

我正在思考時，森林的深處傳來嚎叫聲。同時，熊緩和熊急大叫了一聲「咿～！」

「優奈小姐！」

聽到熊緩和熊急不尋常的叫聲，希雅大喊。我發動探測技能。

什麼！

好快。反應才剛進入探測技能的範圍，就用驚人的速度往我們這裡前進。

「所有人準備逃跑！不，不行。」

有好幾十隻野狼包圍了附近，往我們靠過來，數量還在持續增加。如果只有我一個人還有辦法處理，但在死角多的森林裡，很難一邊保護大家一邊戰鬥。

在我思考的時候，進入探測技能範圍的魔物用驚人的速度往我們這裡衝過來。牠現身的地點是——

「所有人遠離小屋！」

我大喊。

「優奈小姐！」

希雅大喊的同時，小屋被破壞掉了。

「什麼！」

損壞的小屋深處出現一隻渾身包裹著漆黑毛皮的大老虎。

「為什麼會有那種東西？」

「不會吧……」

希雅等人都露出難以置信的眼神。他們應該是不想相信吧。我們面前有一隻比普通體型的熊緩牠們還要龐大，包裹著漆黑皮毛的野獸。

牠的長相凶惡，大隻的獠牙正在啃咬馬力克斯等人打倒的哥布林。

「……黑虎（Black Tiger）。」

希雅說出黑色猛獸的真面目。

黑虎用銳利的爪子撕裂哥布林，用血盆大口發出低吼聲。

我們被野狼包圍，隨便移動就會遭到攻擊。在探測技能之外，還有野狼正在不斷聚集過來。數量已經超過一百隻了。

而且黑虎的移動速度很快。熊緩和熊急有反應，我用探測技能確認後，不到一分鐘牠就出現了。

「這裡為什麼會有那種怪物？」

馬力克斯小聲地開口說道。

沒有人可以回答他的疑問。大家都靜靜地看著正在吃哥布林屍體的黑虎。

「總而言之，我們快逃吧。」

「不可以亂動。」

我制止馬力克斯。馬力克斯稍微移動身體的瞬間，黑虎抽動著鼻子，嗅聞我們的味道。

牠把我們當作獵物看待也是早晚的問題。

「馬力克斯……」

堤摩爾和卡特蕾亞擔心地看著馬力克斯。他們果然把決定權交給了身為隊長的馬力克斯。可是在這種情況下，要求缺乏經驗的學生判斷太嚴苛了。

現在只能由我來對付牠了。

如果不在這裡打倒黑虎和野狼，就會危及村子。就算我們能成功逃回村裡，也會把黑虎和將近一百隻的野狼引到村裡。如果演變成那種情況，不知道會害死多少村民。村裡還有年幼的小孩和無力抵抗的女性。

只能在這裡打倒黑虎了。

我正要這麼說明的時候，馬力克斯吞了口口水。然後以下定某種決心的表情開口：

「我、我來當誘餌，你們趁機逃走。」

「馬力克斯！」

大家聽到馬力克斯的話都嚇了一跳。

當然，我也很驚訝。我沒有想到馬力克斯會這麼說。

「這次是我決定要來的，我會負起責任。」

「這是大家討論的結果吧，不是你的責任。」

所有人點點頭。

「可是再這樣下去，所有人都會死啊。」

「這……」

黑虎雖然正在吃哥布林，但還是注意著周遭。如果我們想逃跑，牠應該會攻擊我們。

「我會盡量爭取時間，你們快走。」

「要逃的話，大家一起逃。」

「那傢伙像會讓我們逃走的樣子嗎？」

看著大口啃咬哥布林的黑虎，所有人都吞了口口水。

「所以你們帶著迦蘭先生他們快逃。趁我盡量爭取時間的時候……」

終於輪到我這個冒險者出場了。我身為護衛，現在就是善盡責任的時候。我正要開口的瞬間，這次換堤摩爾先開口了。

「馬力克斯，我也要留下來。」

「堤摩爾……」

「我可不能讓女生送死。兩個人一起當誘餌的話，也能爭取到比較多時間。不管是誰先被攻擊，我們都怨不得對方。」

「提摩爾，你這段話雖然說得很帥，可是手在發抖喔。」

提摩爾拿著杖的手正在顫抖。不只是手，連站著的腳都在發抖。

「哈哈，你也在發抖啊。」

他們對彼此笑著，笑容卻很無力。可是確認到彼此的友情，兩人都笑著。

我必須穿著熊熊布偶裝在這個嚴肅的時刻插嘴吧？真的超尷尬的。

「我們一發動攻擊，你們就快跑，知道了吧？」

馬力克斯對希雅等人說。

「馬力克斯、提摩爾……」

卡特蕾亞緊咬著下唇。迦蘭先生他們不知道該怎麼辦，連話都說不出來。這個時候，希雅用顫抖的手握住我的手。

「優奈小姐。」

希雅用僵硬的表情看著我。我對希雅微微一笑。

「提摩爾，我們上。」

「嗯、嗯。」

兩人正要開始行動的瞬間，我用熊熊玩偶手套抓住兩人的衣服。

「幹什麼！」

「周圍被一百隻以上的野狼包圍著，希雅她們也逃不掉。就算逃掉了，也會把野狼引到村子

裡。」

「那……」

「這是我的工作。」

我可不能放他們兩個走。

「妳在說什麼啊？」

「接下來是冒險者的工作。保護你們就是我的工作。」

「喂，妳怎麼可能打得贏牠！」

我踏出一步，馬力克斯抓住了我的熊熊服裝。

「沒問題的。」

我把熊緩和熊急變回原來的大小。

「熊緩、熊急，你們負責保護大家。」

熊緩和熊急就像是在說：「交給我們吧」一樣，叫了一聲「咿～」。除了我和希雅以外，所有人看到變大的熊緩和熊急都很驚訝，但沒有時間說明了。

「所有人都不可以離開熊緩和熊急喔。只要待在牠們身邊就安全了。」

「優奈小姐……」

希雅擔心地看著我。

「希雅，大家就交給妳了。」

「是，請加油。」

我舉起手回應她。

「希雅，妳也在說什麼啊？那種熊……」

「馬力克斯，現在就相信優奈小姐吧。」

「我怎麼可能讓她去！這是我的責任……」

「沒問題的，你要相信優奈小姐。」

我把馬力克斯等人交給希雅，一個人與黑虎對峙。

黑虎看到我就停止啃食哥布林。然後像在觀察情況一樣，將目光轉到我身上。

像這樣站到黑虎面前就覺得牠很龐大。跟我以前打倒的虎狼比起來大了一倍，甚至兩倍以上。而且牠的相貌也很凶惡。

同樣是猛獸，牠真該學學熊緩和熊急的可愛長相。

原本在觀察情況的黑虎可能是把我當成了獵物，在吼叫的瞬間跳起來，一口氣縮短我們之間的距離。尖銳的獠牙向我撲過來。

我往右踏一大步，躲開攻擊。

好快。

牠的速度比虎狼更快，力道也很強。可是，我也變得比當時更強了。如果只是要打倒牠，沒有任何問題，只要放出火焰熊就結束了。問題是若使用火焰熊，一定會把黑色的漂亮毛皮燒掉。

我想要把牠的毛皮拿來當家裡的地毯。可以的話，最好是毫髮無傷。用劍的話會在毛皮上開洞，風魔法也一樣。就算用冰魔法貫穿腦袋也會有洞。果然只能用水魔法讓牠窒息了嗎？

我一邊躲開黑虎的攻擊，一邊思考著這些事。

我試著用土魔法封住牠的行動，但牠的速度太快了，抓也抓不到。從地底下放出的攻擊全都被牠躲開了。

既然如此，這招如何？

我配合黑虎的行動時機，用風魔法從地面往上捲起一陣風。黑虎也感覺到來自地面的力量，用力跳起來閃避，但風魔法還是把黑虎吹上空中。

無繩高空彈跳。

黑虎不斷迴轉，往上飛到相當高的地方。從那麼高的地方掉下來，應該不可能毫髮無傷。可是黑虎在半空中調整姿勢，像貓一樣漂亮地著地。

真的假的？

從那種高度掉下來竟然沒事，至少骨折一下吧。

黑虎在落地的同時向我跑過來。我馬上做出土牆，阻擋牠前進。黑虎避開牆壁，繞到後方。

我在這個時候配合時機，往牠的眉心打出熊熊鐵拳。

黑虎往後飛去，翻滾並滑過地面，撞到樹木後停了下來。可是，牠像是什麼事也沒有一樣地重新站起。命中的瞬間，牠避開了以不至於造成致命傷。

比我想得還要強。

嗯~要在完美的狀態下打倒牠可能很困難。牠的動作很快，沒辦法用土偶壓制牠的行動。如果剛才的無繩高空彈跳有讓牠受傷的話，就能輕鬆獲勝了。

好了，接下來該怎麼辦呢？

129 熊熊打倒黑虎（Black Tiger）和野狼

果然只能放棄了嗎？我原本想要完整的黑色毛皮，但或許只能容忍毛皮上有一點損傷了。

黑虎的動作敏捷，對魔法的感知能力也很強。沒辦法讓牠再玩一次高空彈跳，就算吹起風也會被牠躲開。同一招用第二次就無效，是哪個星座的聖〇士啊？你是老虎吧。

空氣彈會被牠躲開，也無法對牠使出致命一擊。我從熊熊箱裡拔出劍。

好了，我能不能砍傷牠呢？

我舉起劍，黑虎就一邊往左右兩側不規則移動，一邊向我逼近。尖銳的獠牙向我襲來。雖然可以躲開，我還是用手上的劍擋下來。我被牠用力壓倒在地，被壓在牠身下。黑虎想要咬我，卻被鐵劍擋住。黑虎啃咬鐵劍，在我眼前發出喀嘰喀嘰的聲音。

我彎起膝蓋，用力往黑虎的腹部一踢。黑虎被踢到空中，卻翻了一圈後漂亮著地。

我用左手拿劍，讓右手可以隨時使用魔法。

黑虎開始緩緩在我的周圍繞行。我有種被從頭打量到腳的感覺。牠應該沒有把我錯當成真正的熊吧？我可不好吃喔。

我的這份心思不可能傳達給黑虎，牠開始漸漸縮短彼此的距離。

雖然我的攻擊也是，但黑虎的每招攻擊都無法給我致命的傷害。牠可能因此感到煩躁，從剛才開始就發出「吼嚕嚕嚕」的低吼聲，氣得齜牙咧嘴。

如果沒有熊熊外掛，這還真可怕。不管是熊熊裝備和魔法都讓我感到安心。要是沒有這些，我嚇都嚇死了。再說我根本不會來這種地方。

黑虎在繞到我後方的瞬間撲了上來。我沒有回頭是為了引誘牠使用單調的攻擊。我轉過身，就看見想要咬死我的血盆大口。

我用左手的白熊手套玩偶咬住的劍往黑虎的嘴巴刺。黑虎咬住了劍。我正要把劍往前推的瞬間，刀身從正中央斷掉了。

糟了。普通的鐵劍敵不過黑虎的利牙。

黑虎的銳利獠牙朝我攻過來。我馬上用左手的白熊手套玩偶防禦。黑虎咬住了白熊手套玩偶。

好痛、好痛、好痛、好痛？不會痛耶。

黑虎流著口水猛咬白熊手套玩偶，但我不覺得痛。真不愧是犯規防具。

我硬是把白熊手套玩偶塞進正在啃咬的黑虎嘴裡，在手中凝聚魔力，往牠的口中放出火焰魔法。

火焰焚燒黑虎的口腔、咽喉、肺部、內臟。這就叫「壯士斷腕」。不過這次我毫髮無傷，所以應該不能這麼說吧。黑虎的嘴巴放鬆，癱軟的身體壓到我身上。

雖然沒有很重，心情上卻很沉重。我把黑虎推到一旁。黑虎咚的一聲倒在地面上。

我順利打倒牠了。

「優奈小姐！」

我聽到呼喚我名字的聲音。我往聲音傳來的方向看，希雅一臉擔心地跑了過來。

「優奈小姐，妳沒事吧！」

「結束了。雖然花了一點時間。」

雖然我有放水，要打倒牠還是費了不少工夫。不過，這樣一來就拿到黑色的虎皮了。回去之後就拜託菲娜肢解吧。

「真是不敢相信，竟然一個人打倒那隻黑虎。」

跟在希雅後方，卡特蕾亞和馬力克斯、堤摩爾以及迦蘭先生等人向我走來。最後過來的是幫忙護衛他們的熊緩和熊急。看來牠們有確實依照我的請求，保護好大家。

「謝謝你們保護大家。」

我溫柔地撫摸熊緩和熊急的脖子。

其他人難以置信地看著倒在地上的黑虎。

「牠真的死了嗎？」

「真不敢相信。」

「大家，事情還沒有結束喔。」

我的視線前方有野狼。而且不是一兩隻，而是有一百隻以上的野狼包圍著我們。我剛才和黑虎戰鬥的時候，有聽到幾次野狼的嚎叫。牠們應該是在呼叫同伴過來吧。我原本以為黑虎被打倒之後野狼就會逃跑，牠們卻不打算逃，反而聚集起來，數量愈來愈多。

「優奈小姐，野狼……」

希雅不安地看著野狼。野狼一隻接一隻從樹木後方現身。

「這麼多……」

「熊緩、熊急，你們再保護大家一下。」

「優奈小姐？」

「我還有一點工作要做。」

「既然這樣，我們也來幫忙。只是野狼的話，我們打得贏。」

「那樣會妨礙到我。」

「可、可是……」

「要是你妨礙我，我就叫熊緩和熊急壓住你。」

聽到我這麼說，熊緩叫了一聲「咿～」，擋在馬力克斯面前。

「熊緩、熊急，如果他們隨便亂跑，你們可以壓住他們。」

我這麼拜託熊緩和熊急後，一個人往成群的野狼跑去。

狩獵野狼是我單方面佔盡了優勢。攻擊能打中敵人的感覺真好。放出魔法就能命中。發動攻擊魔物數量就會確實減少。狩獵野狼的工作就這麼結束，甚至比對付黑虎還快。

「結束了喔。周圍已經沒有魔物了，很安全。」

「…………」

馬力克斯看著我，好像想說些什麼。

「幹嘛？」

「妳、妳救了我們，謝謝妳。」

馬力克斯結結巴巴地道謝。

「是啊。優奈小姐，謝謝妳。多虧有妳，我們才能得救。」

「優奈小姐，謝謝妳。」

「那個，謝謝妳。」

兩個女生道謝，提摩爾也接著道謝。這時迦蘭先生也難以置信地環顧周圍，然後對我道謝。

「那個，謝謝妳。多虧有小姑娘，古恩和蓋爾德才能得救。」

「保護他們本來就是我的工作。」

我看著學生們。

在那其中，馬力克斯依然擺出想要說些什麼的神情。可是，他緊緊抿著嘴巴。

被自己認為不是真正冒險者的我救了一命，他的心情應該很複雜吧。而且他根本沒想到我這麼強，還說了很多瞧不起我的話。

不過，這樣一來他應該也學到了一課，那就是不能以貌取人（熊）。

我把黑虎和野狼收進熊熊箱，準備回村子。說是準備，其實就只剩下處理馬力克斯等人打倒的哥布林而已。為了證明學生們狩獵過哥布林，至少要記得挖取魔石。當然，這份工作是由希雅等學生負責，畢竟任何事情都講求經驗。順帶一提，我以累了為藉口，只在一旁看著。

處理完魔物的我們正要回村子的時候，迦蘭先生走了過來。

「那個，可以拜託妳一件事嗎？」

迦蘭先生一臉難以啟齒地問我。

「這附近有蠶的巢，我可以去確認一下嗎？蠶的巢對村子來說很重要。拜託妳，跟我們一起過去吧。」

迦蘭先生對我深深低下頭。

附近已經沒有魔物了很安全，可是才剛被那麼多魔物襲擊，他們也會感到不安吧。

「我是沒問題，不過你們可以問學生嗎？我剛才也說了，我是來護衛學生的。」

迦蘭先生他們望向馬力克斯等人，但馬力克斯低下頭煩惱著。而希雅代替馬力克斯問我：

「優奈小姐，那沒有危險對吧？」

「是啊。就算有，我也會保護你們。」

「那我們就去一趟吧。」

希雅這麼說，卡特蕾亞和提摩爾也表示同意。馬力克斯小聲地回答「我知道了」。

之後，我們往蠶巢前進。

已經沒有必要隱瞞了，所以我騎著熊緩移動。我一騎上熊緩，希雅和卡特蕾亞就露出了羨慕的神情。

「妳們要騎熊急嗎？」

「可以嗎？」

「方便嗎？」

兩人高興地騎上熊急。馬力克斯和提摩爾一臉羨慕地看著我們，但已經沒有空位了。

迦蘭先生等人領著我們來到蠶巢。原來這個世界的蠶是魔物啊。探測技能有偵測到牠們。

接著，我的眼前出現了意想不到的東西。超過一公尺長的巨大蠶寶寶在不斷蠕動。

「太好了，牠們沒事。」

迦蘭先生等人高興地靠過去。蠶就像什麼事也沒有發生一樣，大口吃著葉子。

從周圍的情況看來，這裡沒有受到破壞，也沒有遭到攻擊的跡象。黑虎似乎沒有來過這裡。不過就算牠來了，應該也不會吃蟲吧。不管怎麼樣，蠶平安無事。

話說回來，蠶真是噁心。我玩遊戲時也很怕昆蟲型的魔物。在都市裡長大又是個家裡蹲的我根本沒有接觸過昆蟲，很怕牠們。我害怕的昆蟲變得跟人一樣大，在我面前蠕動。如果臉被做得很擬真，我會留下心理創傷。

我以前玩遊戲的時候，官方辦過一場隱藏活動。

活動的內容是「擊退蟑螂」。

活動開始時，現場馬上尖叫聲四起。我一看到蟑螂就馬上登出了，卻還是嚇得作了好幾天的惡夢，是個慘痛的回憶。當時的蟑螂就跟人類一樣大隻。人類尺寸的蟑螂在地面上爬行的模樣簡直就是恐怖的化身。這場活動也馬上中止，每個玩家都收到了致歉的道具。

遊戲公司把蟑螂做得非常真實，也有一部分的玩家對此表示讚賞。可是那種東西絕對不能做得太擬真。我都起雞皮疙瘩了。

也因為經歷過這種事，我很害怕昆蟲。

不過蠶的動作比蟑螂慢多了，也不會朝人衝過來，所以不會讓我作惡夢。可是那種大小，在生理上果然無法接受。

我把視線從蠶身上移開，看著繭。繭也很大。原來是因為蠶很大，繭才會這麼大啊。雖然謎團解開了，卻是我不想知道的事實。

我們確認完蠶的安危後，啟程回到村裡。

130 馬力克斯見證熊熊的戰鬥

「所有人遠離小屋！」

熊大喊的同時，我們的眼前出現了一隻渾身漆黑的老虎。我沒記錯的話，那是黑虎。牠是很凶猛的魔物。為什麼這種魔物會在這裡？

我想要逃走，卻被熊阻止了。我移動的瞬間，黑虎的臉轉了過來。

我們不能亂動。只要踏出一步就會被牠攻擊。

黑虎正在吃哥布林。我們也會被吃掉嗎？我看向大家，每個人都面色蒼白，害怕得發抖。該怎麼辦？再這樣下去，我們肯定會遭到攻擊。

「…………」

喉嚨乾渴。我吞下口水，下定決心。

「我、我來當誘餌，你們趁機逃走。」

如果我當誘餌爭取時間，其他人說不定逃得掉。聽到我這麼說，大家都很震驚。希雅反對，但再這樣下去會全軍覆沒。非有人留下來不可。

「馬力克斯，我也要留下來。」

「堤摩爾……」

「我可不能讓女生送死。兩個人一起當誘餌的話，也能爭取到比較多時間。不管是誰先被攻擊，我們都怨不得對方。」

堤摩爾用顫抖的聲音說。我知道他明明很怕卻在逞強。可是，他的這番話讓我很高興。

「堤摩爾，你這段話雖然說得很帥，可是手在發抖喔。」

我也一樣，我的手也在發抖。我們看著彼此笑了。

我們下定決心，正要跑出去的瞬間，熊阻止了我們。她說周圍被一百隻以上的野狼包圍了，其他人逃不掉。就算成功逃脫也會把野狼，最糟糕的情況下甚至會把黑虎引到村裡。

那到底該怎麼辦才好！

我們陷入絕望時，熊說了愚蠢的話。她說要去戰鬥。

妳難道看不到眼前那隻凶猛的黑虎嗎？牠可不是妳這種奇裝異服的女生打得贏的魔物。

當然了，我也打不贏。如果要跟牠戰鬥，我會在一瞬間被殺掉。能避開一開始的攻擊，爭取到幾分鐘的時間就算幸運了。

可是，熊說保護我們就是她的工作。難道她以為有名無實的C級冒險者能夠對付魔物嗎？我無法隱藏自己的氣憤。

可是，這種心情因為熊的行動而消失了。待在熊身旁的小隻寵物熊突然變大了。

什麼？發生什麼事了？大家都很驚訝，卻只有希雅不驚訝。

熊叫希雅和寵物熊護衛我們，自己一個人往黑虎走去。她似乎是真的要和黑虎戰鬥。

我往熊伸出手卻撲了個空，沒能抓住熊的衣服。

「馬力克斯……」

堤摩爾擔心地對我搭話。我們也應該一起去嗎？我正要行動的時候，黑色的寵物熊擋到我面前，然後叫了一聲「咿～」。

我不是那隻熊，不懂牠在說什麼。可是我看得出來，黑色的寵物熊是要阻止我們過去。

「幹什麼，閃開！你的主人可能會死啊。」

可是，黑色的寵物熊動也不動。

「馬力克斯，冷靜一點。如果優奈小姐說的是真的，附近還有野狼。」

「可惡！」

我望向那隻熊。

熊一靠近，黑虎就發出低吼聲，停止啃食哥布林。牠露出尖牙，看起來隨時都會撲向熊。我待在這裡也覺得可怕，雙腳抖個不停。可是那個穿著可笑的熊卻向黑虎走去。我什麼都辦不到，無計可施。

在我們的注視之下，戰鬥開始了。熊發動攻擊。接下來我們所看到的景象就像是一場夢。

與黑虎對峙的熊和牠打得不相上下。熊躲開黑虎的攻擊，放出魔法。每一招魔法都非常強大。而且她的動作是怎麼回事？不輸給敏捷的黑虎。她發動攻擊、閃躲攻擊，雙方展開了一連串攻防。

「希雅，妳早就知道了嗎？」

我問看似認識那隻熊的希雅。從第一次見到那隻熊的時候開始，就只有希雅的反應不同。她看那隻熊的眼神跟我們不一樣。我把熊交給希雅照顧時，她很高興地接受了。希雅肯定知道些什麼。

「希雅，告訴我吧。」

希雅聽了我的問題後有點猶豫，但她開口說：

「我以前就認識優奈小姐了。」

「妳果然認識她。那隻熊真的是Ｃ級的冒險者嗎？」

「沒錯。優奈小姐是靠實力升上Ｃ級的冒險者。她絕對不是空有名號。」

我沒辦法相信希雅所說的話。可是看到眼前的攻防戰，我知道她不是在說謊。

「妳覺得她贏得了那隻黑虎嗎？」

雙方都沒辦法給彼此致命傷。硬要說的話，熊佔了下風。

「我不知道，可是優奈小姐很強。我聽說優奈小姐曾經一個人打倒一百隻哥布林、哥布林王、虎狼、黑蝰蛇，還瓦解了札門盜賊團。雖然說除了這些以外，父親大人和母親大人好像還隱瞞著什麼。」

「妳是在開玩笑吧…………」

一百隻哥布林、哥布林王、虎狼、黑蝰蛇、札門盜賊團。

關於札門盜賊團的事，我有從在城堡擔任騎士的老爸那裡聽說。那是趁著國王陛下的誕生慶典時出沒的盜賊團。據說是因為冒險者抓到了盜賊團的一部分成員，因而找出他們的據點，打倒了其他人。老爸也參加了逮捕行動，有幾天不在家。

聽說留在據點的盜賊數量並不多，大多數盜賊都已經被冒險者打倒了。這全都是那隻熊一個人做的嗎？

而且還有黑蝰蛇？希雅到底在說什麼啊。

「騙人的吧？」

我無法相信。我不想相信。那個穿著可笑熊熊服裝的女生竟然那麼強。可是，我們的眼前展開了一場使用高水準魔法的戰鬥。

說到底，她不怕黑虎嗎？什麼都做不到的我們在一旁觀看的時候，打扮成熊的女生也一個人與黑虎戰鬥著。她明明是比我矮，年紀更小的少女。

「可是，希雅同學，為什麼妳不告訴我們優奈小姐很強呢？」

「隱瞞這件事也是我的其中一項測驗。優奈小姐打扮成那樣，一定會跟馬力克斯他們鬧得不愉快。負責在中間打圓場就是我的測驗。」

「為什麼會有這種測驗？」

「在上位者有些事可以說，有些事不能說。可是又不能讓部下或同伴起內鬨。這是練習的一環。而且就算我說了，大家也不會相信吧。」

「…………」

我的確不會相信。我不會覺得那種穿著奇怪服裝的熊很強。我不會覺得年紀比自己小的女生很強。就算聽說她是C級冒險者，我也不相信。我只以為她是比我小的學生。我以為這是某種測驗，所以才叫希雅保護她。可是實際上完全相反，受到保護的人是我們。

「優奈小姐以護衛的身分加入我們，就會因為外表的關係，沒有人當她是護衛。雖然這只是我的想像，但我覺得母親大人一定很期待看到我們在這種狀況下會怎麼對待優奈小姐。」

艾蕾羅拉大人的確有可能那麼做。我也沒有把那隻熊當成護衛。

「可是，我想母親大人應該也沒料到我們會遇到黑虎。」

誰想得到我們會遇到這種魔物？

而且，有誰會相信比我小還打扮成熊的女孩能和黑虎打得平分秋色？就算把這件事告訴其他人，肯定也不會有任何人相信。

如果不是親眼見證，我也會一笑置之，說根本不可能。

即使如此，打扮成熊的女孩為了救我們，一個人在我們眼前戰鬥。

我們靜靜地看著熊……不對，是看著優奈小姐。我什麼也做不到。

優奈小姐和黑虎的戰鬥還在持續。

優奈小姐為了保護我們，不斷與黑虎戰鬥著。她躲開銳利的爪子和尖牙。優奈小姐的動作迅速，施放的每一招魔法都很強大。

她是怎麼辦到的？人類要怎麼樣才能用那麼快的速度移動和發動魔法？還使出那麼多次強大的魔法？

只有頂尖的冒險者能夠辦到這種事。

看到優奈小姐現在的戰鬥，我知道希雅所言不假。

我一開始想要跟她一起戰鬥，但我沒辦法加入這場戰鬥之中。我只會妨礙她，幫不上忙。鐵鏽的味道在我嘴裡擴散。看來我好像在不知不覺中把嘴唇咬破了。我是個無能為力的人。

「優奈小姐！」

希雅大喊。我一瞬間移開目光的時候，黑虎壓到優奈小姐身上。而且，牠的牙齒正在啃咬優奈小姐的手。

我往前傾身，想要上前去救她。我踏出一步時，優奈小姐的熊阻擋了我。

「你的主人有危險啊！」

我大叫，可是熊沒有讓開。我的視野被熊擋住的瞬間，優奈小姐做了某件事後，黑虎倒臥到一旁。我只能從熊的縫隙看，所以不知道發生了什麼事。

「發生什麼事了？」

「優奈小姐把手放到黑虎的口中，放了魔法。」

卡特蕾亞替我說明。

真的打倒了嗎？黑虎一動也不動。

希雅一邊喊著優奈小姐的名字一邊跑出去。我也下意識地跟著跑出去。

好厲害，我第一次見到這麼強的冒險者。

接著，優奈小姐打算一個人去打倒周圍的野狼群。

我覺得如果對手是野狼，我們應該能幫上優奈小姐，但她說我們會妨礙她。雖然不甘心，但這或許是事實。我只能被優奈小姐的熊保護著，看著優奈小姐狩獵野狼。

將近一百隻的野狼輕而易舉地被優奈小姐打倒了。

131 熊熊回村子

確認完蠶巢的我們回到了村子。熊緩和熊急如果維持大熊的體型會嚇到村民，所以我把牠們變回小熊了。馬力克斯等人雖然嚇了一跳，但沒有深入詢問。

村子的入口站著村長和幾名手持武器的村民。

「迦蘭，你和蓋爾德跟古恩都沒事嗎？」

「學生和這位熊姑娘救了我們。」

迦蘭先生看向馬力克斯和我。村長則走到我們面前。

「各位，真的很謝謝你們救了村裡的人。我們感激不盡。」

村長直接走過我面前，握著馬力克斯和希雅等人的手不斷道謝。我並不是想要回報，但覺得很寂寞。馬力克斯他們救了被哥布林襲擊的村民是事實。我救的人是馬力克斯和希雅等學生，村民可以說是順便。所以我知道村民該感謝的是馬力克斯他們，但被忽視還是很寂寞。

「不用謝我們，打倒魔物的是……」

面對連連道謝的村長，馬力克斯瞄了我一眼。

「老爸，學生的確救了被哥布林攻擊的古恩他們，但是一個人打倒後來出現的黑虎和多達一百隻野狼的人，是這位熊姑娘。」

迦蘭先生開始說出被忽略的我的功績。村長看著我和自己的兒子迦蘭先生。

「你說黑虎？」

村長聽到迦蘭先生的話，臉上浮現驚訝的表情。

「黑虎出現了嗎？」

村長似乎無法相信迦蘭先生說的話，問跟他在一起的另外兩個人。可是，他們的答案也一樣。

「村長，我知道這很難相信。親眼見到的我也難以置信。可是就像迦蘭所說，熊姑娘一個人打倒了凶暴的黑虎和一百隻以上的野狼。」

在場的所有人都看向我。

「嗯，一般來說會無法相信吧。」

「要是我也不會相信。」

「誰都不會相信的吧。」

馬力克斯他們也說出否定的話。

「可是，優奈小姐打倒了黑虎是事實。」

「是啊。保護我們，打倒黑虎和野狼的人毫無疑問是優奈小姐。」

「雖然親眼看到也令人難以置信。」

所有人的視線再次集中到我身上。

「那麼被打倒的黑虎呢？」

「在這裡喔。」

我從熊熊箱裡拿出黑虎。

「這是……」

看到黑虎，村長很驚訝。

「真的好大啊。」

我最後拿出黑虎，再加上兒子迦蘭先生與另外兩個獲救的人作證，村長終於相信了。

接下來，迦蘭先生開始報告關於蠶巢的事情。

「是嗎？蠶也都平安啊。」

「這也是多虧學生和熊姑娘。」

「各位，真的很謝謝你們。」

村長不斷道謝。他這次也有好好向我道謝。

「可是，你們還是委託冒險者公會去檢查一下森林裡比較好。因為我們打倒的只有攻擊我們的魔物。」

「是，我們今天就會派快馬去公會。」

那就可以放心了。

馬力克斯也經歷過危險，所以這次沒有自告奮勇。總之經過這幾天，我已經知道馬力克斯他們的實力足以打倒哥布林和野狼了。

報告完事情的我們回到房間休息。

「呼，好累喔。」

希雅抱著熊緩倒到床上。

「就是啊。一想到如果沒有優奈小姐在，我就忍不住發抖。」

卡特蕾亞抱著熊急在床邊坐下。

妳們也差不多該把熊緩和熊急還給我了吧。該怎麼說呢？我實在是沒事可做。看著兩人撫摸熊緩和熊急，我就愈來愈想摸牠們。

「原來優奈小姐很強呢。」

「我沒說我很弱啊。」

「是沒錯，但是看到妳這身可愛的熊熊裝扮，誰都不會覺得妳很強啊。」

的確如此。如果像獵人一樣披著熊的毛皮，看起來說不定會比較強。我試著想像，但是就算我穿上熊的毛皮，看起來也一點都不強。外表果然很重要呢。

叩叩。

我們在房間裡休息時有人敲門，馬力克斯的聲音從門後傳來：

「可以進去嗎？」

希雅和卡特蕾亞允許後，馬力克斯和堤摩爾走進房間。

「怎麼了嗎？」

「那個，怎麼說呢……」

馬力克斯一臉尷尬地低下頭。這……該不會是告白時間吧！

據說校外教學時經常會觸發這種事件。我從來沒參加過所以不清楚，可是聽說參加校外教學會量產情侶。這場實地訓練該不會也是類似的活動吧？

告白對象是希雅，還是卡特蕾亞呢？到底是誰？

我豎起耳朵聽馬力克斯說話。

「我們想在明天出發之前道個歉。」

「道歉？」

希雅的頭上冒出問號。我的頭上也冒出了問號。這是怎麼回事？不是要告白嗎？

「你們有對我做什麼嗎？」

「不是妳啦，是優奈小姐。我們是來跟優奈小姐道歉的。」

我剛才聽到他叫我優奈小姐，是我聽錯了嗎？至今明明都是叫我「熊」或是「那個女生」，現在卻變成「優奈小姐」？我的身體抖了一下。可是話說回來，他們要向我道歉？

「我和堤摩爾商量過了。我們想在明天出發之前道歉。」

要道什麼歉？我不記得他們有特別對我做過什麼。頂多就是忽視我，笑我是隻熊而已吧？不過這都是家常便飯了，我沒有放在心上。

「我們沒有相信優奈小姐是冒險者。」

這個嘛，誰都不會認為穿著熊熊布偶裝的女孩子是冒險者吧。

「沒有相信妳很強。」

從過去的經驗看來，沒有任何人第一次見到我就認為我很強。就算是我，看到穿著熊熊布偶裝的女孩子，也不會覺得「她是很強的冒險者」。

「說妳是穿著奇怪衣服的女生，小看了妳。」

喔～他們的確有說過。如果看到別人穿成這個樣子，我也會小看對方。沒有笑我的馬力克斯說不定還算好的。

「要做危險的事時，原本應該要徵求同行的冒險者指示，但我卻沒有那麼做。」

原來還有那種規定啊，我都不知道。可是他們沒有把我當成冒險者看待，這也沒辦法。

「還有，我想跟妳的寵物熊道謝。」

被希雅和卡特蕾亞抱著的熊緩和熊急歪起頭來。

「謝謝你們保護我們。」

熊緩和熊急好像威嚇了包圍大家的野狼，把牠們趕跑。

「你們不用在意喔。是我要瞞著你們的，而且艾蕾羅拉小姐也希望我讓你們自由行動。如果沒有危險，我就什麼都不會做。」

「可是，實際上妳都在背後默默地守護我們吧。」

「那就是我的工作嘛。」

「我要和黑虎戰鬥的時候，已經做好必死的覺悟。是優奈小姐救了我。」

「明明是我提議的事，卻是優奈小姐幫忙擦屁股。我因為打得贏哥布林就得意忘形了。大家可以逃過一劫，都是多虧有優奈小姐。」

嗯～為什麼呢？他們這麼坦率地向我道謝，讓我覺得背部開始癢了起來。

「我剛才也說了，你們不用在意。黑虎的事情沒有人料想得到，馬力克斯也只是為了救村民才會行動的。而且第一次見到我這身打扮的人，沒有一個會認為我是冒險者。」

「可是……」

「而且你們兩個又沒有對我做什麼。如果是找我打架，我會奉陪就是了。所以你們不用放在心上。」

「…………」

「…………」

馬力克斯和堤摩爾好像想說些什麼，希雅和卡特蕾亞都靜靜地聽著。但這麼漫長的沉默很令人難熬。

叩叩。

門被敲響，打破了沉默。

希雅回應後，村長夫人走進房間。

「馬力克斯同學和提摩爾同學都在這裡啊。因為房間裡沒有人，我還在想兩位去了哪裡呢。」

「不好意思，我們有些事情要談。」

馬力克斯道歉。

「晚餐已經準備好了，各位要現在用餐嗎？」

「好的，我們馬上過去。謝謝夫人。」

聽馬力克斯這麼說，所有人點點頭。

「各位，我們走吧。」

「嗯。」

卡特蕾亞說完後，大家開始移動。

村長夫人準備了豐盛的晚餐招待我們。村長再次鄭重地向我們連連道謝。他還說想要特別謝謝我。

「我的工作就是保護學生，請不要放在心上。」

「可是一想到黑虎來到村裡的後果，我就不知道該如何答謝妳才好。」

的確，如果黑虎出現在村裡，應該會有很多人喪命。

「所以，雖然只是一點小東西……」

「請收下這些。」

村長用眼神示意夫人，夫人就走到隔壁房間，拿來一些漂亮的布料和絲線。

「這些……該不會是那些繭的？」

「是的，就是用那些繭做成的布。請用這些布做些喜歡的衣服。」

呃，意思是要我把這身熊熊服裝脫掉嗎？

「好羨慕優奈小姐喔～」

希雅拿起布料，一臉羨慕地說著。

「這些全都是高級品呢。」

果然是高級品。想到原料是來自那些巨大蠶寶寶就有點那個，可是東西還不錯。

「我們挑選的都是頂級貨。」

「真的可以收下這麼好的東西嗎？」

「我從兒子迦蘭那裡聽說了詳細情形。不能用外表判斷一個人。要不是有優奈小姐，所有人早就被殺了，村子說不定也會出現傷亡，甚至是傷到蠶。我兒子狠狠唸了我一頓。請妳務必收下，這是我們的感謝之意。」

「打倒黑虎和野狼的的確是我，可是我不是為了拯救這座村子才戰鬥的，我只是要保護這些學生而已。」

我望向希雅等學生。我這次只是來護衛他們而已，打倒魔物算是順勢而為。

「即使如此，妳拯救了村民也是事實。請收下吧。」

村長緩緩低下頭。直到我答應為止，村長都不打算抬起頭。

「那個，既然這樣，我就心懷感激地收下了。」

村長高興地抬起頭。

不過，看到蠶繭的時候我的確想要一些布料。既然人家要送我，我就恭敬不如從命了。

這一天晚上，希雅和卡特蕾亞一躺上床就呼呼大睡。馬力克斯和堤摩爾大概也都睡著了吧。

順帶一提，熊緩和熊急在希雅和卡特蕾亞的懷裡。我今天也要一個人孤單地睡覺了。

132 熊熊吃布丁

隔天，四個學生帶著還想睡覺的神情。疲勞還沒有完全消除嗎？

「貨物已經都堆放到馬車上了。」

村長向馬力克斯說明。

「什麼貨物？」

我小聲詢問身旁的希雅。

「這次要從這座村子運送貨物到王都。我想應該是昨天優奈小姐收到的絲線和布料。」

原來如此，也就是特產吧。村長和馬力克斯說完話之後，走到我的面前。

「優奈小姐，這次承蒙妳照顧了。」

「道謝的話，昨天吃飯的時候已經聽過很多次了。」

「可是……」

村長好像還想說些什麼，但我已經聽了夠多的謝意。

「那麼如果有機會來這附近，請到我們村裡來。我們隨時歡迎。」

在村長和村民的目送下，馬車朝著王都出發。

從村子出發的我們坐在搖搖晃晃的馬車裡前進。

「話說回來，真沒想到這趟旅程會這麼辛苦呢。」

「抱歉。」

聽到卡特蕾亞的話，正在駕駛馬車的馬力克斯道歉。

「這也不算是馬力克斯的錯。是大家一起決定要去救村民的。」

「就是啊。」

「這不是馬力克斯一個人的責任喔。」

「那個，謝謝你們。」

馬力克斯道謝後，大家都笑了。不管怎麼說，大家都是一群好隊友。

「可是優奈小姐，妳會報告這次的事情吧？」

「是啊，這就是我的工作嘛。」

「嗚哇啊啊啊啊……一定會被扣分的。」

「那也沒辦法嘛。」

「就是啊，接受事實也很重要。而且，我們沒有做錯什麼事吧。我不覺得對村民伸出援手是錯的。可是，沒有徵求身為冒險者的優奈小姐的指示就不對了。」

「是沒錯。可是當時我們沒有想到優奈小姐是那麼厲害的冒險者。」

「希雅也真是沒良心，竟然瞞著我們。」

132 熊熊吃布丁

「我也說過了，這是我的一項測驗嘛。發生這種事，我也會被扣很多分的。」

所有人都嘆了口氣。

「我們就接受事實吧。」

「是啊。村民得救了，大家也都沒有受傷。這樣已經很好了。」

「這也是多虧了優奈小姐啊。」

不過如果是老師，會怎麼為這次的事評分呢？

幫助有困難的人，不會見死不救。加分。

明明不是冒險者，卻做危險的事。扣分。

還是說身為護衛，我應該一開始就阻止他們？

可是我接到的指示是只要沒有危險，就要讓學生自由判斷。我認為只是哥布林的話沒有問題。關於黑虎和一百隻野狼的出現是意料之外的事。

當監考官真的好難。

後來馬車繼續前進，我們的午餐是吃在村子裡拿到的麵包。果然還是莫琳小姐的麵包比較好吃，味道就是不太一樣。話雖如此，在村裡拿到的麵包也不是說難吃，只是莫琳小姐的麵包太好吃而已。吃完麵包的我覺得有點不滿足，於是拿出布丁當飯後甜點。這樣也可以補充糖分。

我開始吃起布丁。飯後甜點果然要吃甜的東西。

「啊啊！優奈小姐一個人在吃布丁！」

我正在吃布丁時，希雅眼尖地發現了。

「希雅也要吃嗎？」

「可以嗎？」

我從熊熊箱裡拿出布丁，遞給希雅。

「謝謝妳。」

道謝之後，希雅也吃了起來。

「啊～真好吃。」

我和希雅正在吃布丁時，卡特蕾亞用震驚的表情看著我們。

「優、優奈小姐、希雅同學，那、那個……該不會是……」

「這是布丁，妳知道嗎？」

我用湯匙舀起布丁，先給卡特蕾亞看過再送進嘴裡。

布丁果然很好吃。

「我當然知道了，那是在國王誕生慶典晚宴上出現的料理……」

喔～是國王辦晚宴的那個時候啊。卡特蕾亞這句話讓我想起諾雅跟我說過的事。

她好像說晚宴時端出來的布丁讓會場掀起一陣騷動。我完全忘了這回事。

「卡特蕾亞，妳有參加那場晚宴嗎？」

「是的，我有參加。當時吃到布丁的感動，我到現在都忘不了。」

就像是回想起布丁的味道，她露出陶醉的眼神。太誇張了吧，只是個布丁耶。

「優奈小姐，妳是怎麼拿到布丁的？」

我可以說嗎？可是克里莫尼亞就有在賣，我跟店有關的事情也因為熊熊擺飾而曝了光，現在再隱瞞也沒用。

「布丁就是優奈小姐做的喔。」

在我回答以前，希雅就回答了。

「是、是嗎？既然如此，我在晚宴時吃到的傳說中的布丁，做出它的神祕廚師就是優奈小姐嗎？」

「算是吧。」

從剛才開始又是傳說又是神祕，布丁到底都被說了些什麼啊？

「希雅同學早就知道了嗎？明明不管是誰問國王陛下，他都不說是誰做的。」

「因為優奈小姐在晚宴之前就有請我吃過了。」

當時好像還一起吃了披薩。雖然不是很久以前的事，我卻覺得很懷念。卡特蕾亞的雙眼從剛才開始就一直看著我手上的布丁。

「呃，卡特蕾亞也要吃嗎？」

卡特蕾亞看起來非常想吃，所以我也拿了一份給她。

「可以嗎？謝謝妳。」

卡特蕾亞高興地接過布丁，吃了起來。

「啊～就是這個味道。希雅同學竟然吃過好幾次，太狡猾了。」

「可是，我妹妹比我還要狡猾喔。」

「那是什麼意思呢？」

「優奈小姐在克里莫尼亞開了一家店，大家都可以買到布丁，我妹妹諾雅時常跑去吃呢。」

諾雅偶爾會從家裡偷溜出來吃布丁。我經常看到她因此被女僕菈菈小姐嘮叨的樣子。

「優奈小姐有開店？」

「優奈小姐的店就在克里莫尼亞城喔。而且聽說布丁是一般平民也吃得起的價格，很受歡迎呢。」

「在國王晚宴上出現的傳說料理竟然在一般的店裡販售……」

卡特蕾亞說不出話來，呆楞地看著布丁和我。這種食物沒有那麼誇張啦。

「可是怎麼會開店？優奈小姐不是冒險者嗎？」

「我是冒險者，但算是那家店的老闆吧？因為店裡的工作是交給別人來做。」

我幾乎不會干涉店裡的工作，頂多會偶爾提出新麵包的點子，讓莫琳小姐自由發揮，做成美味的成品而已。

「這樣啊。只要去克里莫尼亞就可以盡情吃布丁……」

數量有限，所以也不能盡情地吃喔。

「所以我才想要早點回克里莫尼亞城啊。」

「哎呀，到時候請帶我一起去喔。」

女生們在聊天時，我發現馬力克斯和提摩爾正在看著我們。看來他們對布丁很好奇，我只好也拿出布丁招待他們兩人。

133 熊熊和其他學生會合

我今天也坐在搖晃的馬車上。從村子出發之後，一路上都沒有發生什麼事。我想去程時遇到的哥布林應該也是從黑虎那裡逃出來的。如果沒有黑虎，哥布林也不會出現在道路上。真是和平的歸途。

如果去程也像這種感覺，在村裡也沒有發生任何事，這說不定是很輕鬆的工作。

話說回來，光是熊緩和熊急不在身邊，我就很寂寞。熊緩和熊急變成小熊的樣子，仍然被希雅和卡特蕾亞抱著。至今為止總是會有其中一隻待在我身邊，所以沒有牠們在讓我很寂寞。待在日本的時候，我從來沒有想過這種事。這就表示熊緩和熊急已經變成我重要的家人了吧。

算了，這種寂寞也到今天為止。我們今天就會抵達王都。

馬車緩緩前進，馬力克斯指示大家停下來午休。我在這個時候發現前方停著一輛馬車。看來有人比我們先到了。停在路邊的馬車似乎也在休息。

「在那台馬車旁邊的人不是吉古德嗎？」

馬力克斯指著停在路邊的馬車。

「馬力克斯，你看得真仔細。」

聽到馬力克斯說的話，堤摩爾往前看但似乎看不出來。坐在載貨台的希雅和卡特蕾亞聽了之後也從載貨台探出頭往前看。

「真的是呢。」

「是吉古德他們。」

兩個女生好像看到了。

「你們認識嗎？」

「他們是和我們一樣參加實地訓練的同班同學。」

也就是說，他們就像是以前的馬力克斯。我可得做好心理準備。雖然躲在馬車裡也是一個方法，但也不能一直躲著。

馬力克斯把馬車停到停在前方那台馬車的後面。對方也注意到我們的馬車，將視線轉了過來。成員組合似乎和希雅等人一樣是兩個男生、兩個女生。我沒有看到負責護衛的冒險者。

「我還想說是誰，原來是馬力克斯和堤摩爾啊。」

「吉古德，你們也要回王都了嗎？」

「是啊，雖然晚了一點。你們也晚了嗎？」

「這個嘛，因為發生了很多事。」

馬力克斯笑著帶過。希雅和卡特蕾亞走過去和對方的女生成員打招呼。因為說明起來很麻煩，所以我已經在跟馬車會合之前把熊緩和熊急召回了。

「喂，馬力克斯，那個穿著奇怪服裝的女生是誰？」

名叫吉古德的學生笑著問馬力克斯。果然，他和以前的馬力克斯是同一種類型。我很想用熊熊鐵拳毆打那張笑容。他看著我笑。

我可以用熊熊鐵拳揍他嗎？可以吧？不打死人就沒問題吧？神(熊)如是說：揍他沒關係。

我正這麼想的時候，馬力克斯和堤摩爾警告吉古德。

「吉古德，給你一個忠告。以貌取人是會出人命的。如果你不想死，最好別瞧不起她。」

「你最好培養一下看人的眼光喔。」

連堤摩爾都這麼說。可是你們兩個有資格說這種話嗎？說得好像自己就有看人的眼光似的。站在你們後面的希雅和卡特蕾亞都在笑了。

「什麼意思？」

「她是冒險者，是我們的護衛。」

「護衛？開玩笑的吧。她是年紀比我們還小的女孩子吧？」

名叫吉古德的學生不敢相信地看著我。

「要怎麼想是你的自由，但是別在我們面前瞧不起優奈小姐。你要是敢說什麼侮辱優奈小姐的話，我們所有人都饒不了你。」

聽到這番話，堤摩爾和站在稍遠處的希雅與卡特蕾亞都點點頭。看來他是在替我出氣。我是很高興，但是前後的變化也太大了吧。要是出發時有錄影，我真想拿給他們看看。

「馬力克斯，你是怎麼了？竟然幫那種奇怪的女生說話。」
另一個男生有點慌了，這麼問馬力克斯。
「我沒有怎麼了，只是不允許別人瞧不起護衛我們的優奈小姐而已。」
「馬力克斯說得沒錯。如果你們想嘲笑優奈小姐，我們來跟你們吵。」
堤摩爾也帶著認真的眼神，和馬力克斯說一樣的話。
「當然了，我也願意加入戰局。」
卡特蕾亞說道，希雅也點點頭。
「我、我知道了。我不會再笑她了，你們不要這麼生氣啦。」
感覺到馬力克斯和堤摩爾說的話是認真的，吉古德等人發誓不再侮辱我。
聽完，馬力克斯等人也放過了他們。跟同學吵架不好啦。
「可是，穿著那種奇怪的……可愛熊熊服裝的女生真的是護衛嗎？」
「嗯，真的。她救了我們一命。所以如果瞧不起優奈小姐，就算是你，我也不會原諒。」
「我知道了，就說不要這麼生氣了嘛。」
吉古德安撫馬力克斯，稍微離遠了一點。
「怎麼這麼吵，發生什麼事了？」
吉古德等人使用的馬車裡走出一男一女的冒險者。我覺得好像在哪裡見過他們兩個人，但卻不記得是在哪裡見到的。

「傑德先生。」

吉古德朝冒險者大喊名字。傑德？我沒聽過這個名字。既然聽到名字也想不起來，那應該是我多心了吧。

「血腥惡熊？」

「哎呀，是熊姑娘嗎？我記得妳叫做優奈，對吧？」

兩人好像知道我是誰，可是我不認識他們倆。該不會是克里莫尼亞的冒險者？如果是克里莫尼亞的冒險者，知道我是誰也不稀奇。雖然自己這麼說有點怪，但我是個名人。要是有人見過我的打扮還能忘記，我還真想看看。就算不記得我的長相，也一定會對我的服裝留下印象。

「傑德先生，你知道這個穿著奇怪衣服的……」

馬力克斯瞪向吉古德。

「穿著可愛熊熊服裝的女生是誰嗎？」

啊，他改口了。

「是啊，她是克里莫尼亞城的冒險者。在克里莫尼亞當冒險者的人，沒有一個人不知道她是誰。」

果然，他們好像是克里莫尼亞城的冒險者，所以我才覺得曾經在見過他們。看來我應該是在某個地方跟他們擦身而過，在腦海的角落留下了一點記憶。

「好久不見了，熊姑娘。」

我歪起頭。就算人家這麼親近地對我說「好久不見」，我還是想不起來。

「怎麼，妳不記得嗎？」

對不起，我不記得路人了。我沒有只擦身而過就能記住每一張人臉的記憶術。

「好吧，這也沒辦法。我們只跟妳說過幾句話，而且只有我們單方面知道妳是誰嘛。」

我們說過話嗎？我完全不記得了。該不會是我第一次去冒險者公會時揍過的其中一人吧？如果是的話，應該不會這麼友善地跟我打招呼吧。

嗚～我怎麼想都想不起來。

「妳回想一下，在克里莫尼亞的冒險者公會，我們有在委託告示板前說過話吧？」

「我記得那是妳的冒險者階級升上D的隔天，還記得嗎？」

升上D級的隔天……我的記憶開始慢慢復甦。

「對了，你們是我在看C級告示板時跟我說話的四人隊伍吧？」

是想起來了，但也就只有這些。我不記得他們的名字，也不記得長相。我只記得自己有跟共四名男女的隊伍說過話。我記得後來我接下虎狼的委託，跟菲娜一起去狩獵了。可是，我完全不記得那些冒險者的臉。

「妳終於想起來了。」

對不起，我只想起跟你們說過話的事。

「我是梅爾，他叫做傑德。多多指教嘍。」

「另外兩個人呢？」

他們是四人隊伍，應該還有兩個人才對。

「他們跟我們一樣去護衛其他學生了。既然跟學生在一起，妳也是來當護衛的嗎？」

「是啊。」

「傑德先生，那這個穿著奇怪……可愛熊熊服裝的女生真的是冒險者嗎？」

「她是因為很多事情聞名的冒險者喔。」

很多事情是指哪些事情？我有太多頭緒了，搞不清楚耶。

「熊姑娘你們也要休息吧，要不要一起？」

因為傑德先生的一句話，我們決定一起休息。馬力克斯他們給馬食物和水，然後準備自己的餐點。

「不過，真沒想到熊姑娘會在王都工作。」

「是剛好有認識的人拜託我啦。我本來不想答應的，但是對方很堅持。」

要不是有希雅在，我才不會接下這種麻煩的工作。

「那妳可要感謝那個人。這份工作簡單又好賺，所以很受歡迎呢。」

「是嗎？」

我聽說都找不到人耶。我該不會是被艾蕾羅拉小姐騙了吧？

可是她也說過會挑人，所以也不算說謊嗎？

「因為只要護衛到附近的村子啊。王都的周圍也沒有什麼危險的魔物，做起來很輕鬆。」

聽到這句話，我們這支隊伍開始苦笑。這個時候就算說我們遇到黑虎還打倒了牠，人家應該也不會相信吧。

「學生們也不會做危險的事，是一份輕鬆的工作呢。」

傑德先生笑著說。我望向四個學生，兩個男生別開眼神，兩個女生則是在笑。

「傑德先生，這個打扮成熊的女生真的是冒險者嗎？她的年紀看起來比我們還小耶。」

另一支隊伍的女生看著我問道。

也對，馬力克斯那時候也一樣，正常人都不會覺得穿著熊熊布偶裝的女生是冒險者吧。

「真的，她是比我還要強的冒險者喔。」

這句話讓吉古德的隊伍非常驚訝。

這個人怎麼突然這麼說啊？

「我不敢相信。」

女孩看著我。

嗯，的確難以置信。如果我和傑德先生戰鬥，要賭誰會贏的話，絕對沒有人會把籌碼押在我身上。賠率太高了。

「我想也是，見到她的人都會這麼說。」

傑德先生帶著笑容這麼答道。

「可是她其實和外表不同，是很強又值得尊敬的冒險者。」

「傑德先生很了解優奈小姐的事嗎？」

希雅問道。

「只有聽說過傳聞。」

「什麼樣的傳聞呢？」

話題好像往奇怪的方向發展了，我們明明是在休息。要是現在不阻止他們，感覺會很不妙。

於是我發動了奧義。

「不說傳聞了，傑德先生你們怎麼會跑到王都？」

祕技——轉移話題！

「因為我們基本上都是在王都工作。偶爾到克里莫尼亞工作的時候就聽到了一些傳聞。」

「什麼樣的傳聞呢？」

奇怪，話題又變回來了。

「我想想……熊姑娘到冒險者公會登記的那一天，把向她挑釁的D級、E級冒險者都打得頭破血流的事件應該是最有名的。」

才不是全部呢，頭破血流的只有戴波拉尼而已啦。其他的人只挨了一拳就倒地了。

「頭破血流嗎？」

學生們都看著我。我的確有把戴波拉尼打得頭破血流，所以不能說是騙人的。可是，只有一個人而已啦。

「優奈小姐真厲害。」

希雅很高興。

「那只是因為對手很弱而已。」

「除此之外，還有什麼故事呢？」

還要繼續說嗎？可以到此為止嗎？而且希雅，妳已經從克里夫和艾蕾羅拉小姐那裡聽說過很多事情了吧。

「其他有名的事蹟就是打倒哥布林王了吧。」

「哥布林王嗎！」

「是啊，被打倒的哥布林王表情很凶惡，似乎是氣瘋了。」

這個嘛，因為我讓牠掉到洞裡又單方面攻擊牠，當然會氣瘋了。

「我們當時剛好在冒險者公會，所以有看到。當時我很佩服她敢去跟那種凶暴的魔物戰鬥呢。」

原來梅爾小姐他們有看到那隻哥布林王啊。聽到這件事，學生們的反應很兩極。馬力克斯的隊伍相信，吉古德的隊伍不相信。他們的表情完全不一樣。

「不過，優奈在城裡變有名應該是從那個事件開始吧。」

熊熊勇闖異世界

「黑蝰蛇嗎？」

「這件事我們聽希雅說過了，優奈小姐真的打倒了黑蝰蛇嗎？」

堤摩爾好像也無法相信關於黑蝰蛇的事。現在回想起來，這件事很可疑呢。如果沒有黑蝰蛇的屍體，應該不會有人相信我。

「我們也沒有實際見到，不過有很多冒險者都相信。」

「為什麼呢？」

「當時有個村子被黑蝰蛇襲擊，有一個小孩從那個村子哭著跑到克里莫尼亞求救。可是，那時候冒險者公會裡沒有可以打倒黑蝰蛇的冒險者，我們也在王都，不在克里莫尼亞。不過就算我們在，也不一定會接下那個委託。」

「後來怎麼樣了呢？」

「這個熊姑娘接下了委託。她連報酬都沒有談，因為村子有危險就一個人去狩獵黑蝰蛇了。看到這個情形的冒險者說她不可能贏，很不以為然。黑蝰蛇和哥布林王不一樣。黑蝰蛇的體型、攻擊力都很強，是哥布林王無法比擬的。所以當時在場的冒險者都覺得熊姑娘死定了。」

是嗎？我都不知道其他冒險者是這麼想的。也對，當時我馬上就帶著那個小孩衝出公會了，所以完全沒有在看周圍。

「可是幾天後，聽說熊姑娘帶著黑蝰蛇的屍體回來了。」

「畢竟打倒魔物的證據就擺在眼前，誰都沒辦法懷疑吧。」

傑德先生和梅爾小姐說起著當時的事情。我光聽就愈來愈害臊。

「不敢相信。」

嗯，普通人不會相信吧。

「這個嘛，信不信由你們。不過，克里莫尼亞城的冒險者全都相信喔。」

傑德先生這麼說並看著我。

「在那之後，克里莫尼亞城裡就再也沒有人敢瞧不起熊姑娘了，大家似乎也認同了她的實力。」

就算聽過傑德先生的說明，吉古德的隊伍似乎還是覺得這些是編造的故事。

「對了，最近還有新的傳聞……………」

「喔～那個啊，那個真的有點太離譜了。」

聽到傑德先生提起，梅爾小姐笑了出來。說到最近的事，是指克拉肯嗎？還是隧道？不管是哪個都超級可疑。

「是什麼傳聞呢？」

「有人說她打倒了克拉肯，不過這實在不可能。」

「克拉肯真的太誇張了呢。」

果然是指克拉肯。

兩人相視而笑，所有人都轉頭看我。

「那種怪物，我怎麼可能打得贏嘛。」

我這麼回答。後來，傑德先生說完我的害羞往事之後，休息時間也結束了。

134 熊熊回王都

我們順利抵達王都。這樣一來實地訓練也結束了，今天的晚上就可以回到克里莫尼亞，久違地在家裡睡覺。露宿在野外的馬車上讓我根本無法熟睡。

有熊緩和熊急在當然讓我很放心，但是睡在自己家裡還是最安穩的。

馬車通過大門，往學校前進。在大門拿公會卡放到水晶板上時，附近的士兵用奇怪的眼神看著我，但我們還是順利進入了王都。

馬車在王都中前進，抵達學校。校舍後方的馬車停放處已經停了幾輛馬車。既然出發時只有我們的馬車，就表示其他學生已經回來了吧？

「那麼，這樣就結束了吧？」

我走下馬車，伸伸懶腰。這樣一來，我的工作就結束了。雖然遇上了一點麻煩，但學生們都毫髮無傷，我這次應該可以拿到滿分才對。

「優奈小姐，還要去跟老師報告我們已經回來的事情喔。」

對喔，還有這回事。報告也是工作的一部分。雖然麻煩，但也沒辦法。

「吉古德！你們也要去吧。」

「嗯，我們會去。等一下。」

途中和吉古德隊伍會合的我們和他們一起回到了王都。畢竟要走同一個方向，沒必要分頭行動。而且人數多一點，遇到魔物的時候也可以一起對付。如果遇到盜賊，對方發現我們人數多，也能降低被攻擊的機率。不管是誰都不想對付人數多的對手。也因為這些理由，我們和傑德先生等人一起回到了王都。

我們進入校舍後，走向有老師在的教職員室。

「打擾了。」

我們走進教職員室，有位不應該在這裡的人。

「母親大人！」

希雅對老師旁邊的艾蕾羅拉小姐喊道。

「為什麼母親大人會在這裡？」

「那是因為我有吩咐大門的士兵，如果你們回來了就要馬上聯絡我。我是以S級的重要度發出指示的，所以傳令兵很快就來了呢。」

她微笑著說明自己在這裡的理由。這不算濫用職權嗎？我在心裡對從大門跑到城堡裡通知艾蕾羅拉小姐的人說「辛苦了」。

「那麼，馬力克斯的隊伍和吉古德的隊伍就完成這次的實地訓練了。學校會保管你們運送過

來的貨物，你們今天可以回去休息了。」

老師對學生們說。

「之後會要求你們報告實地訓練的過程，可不要說謊喔。老師會確實對照冒險者和你們所說的話。」

學生們應聲。馬力克斯他們可以回去了，但我該不會不能馬上回去吧？

「優奈小姐，這次很謝謝妳。有優奈小姐同行，我覺得很開心。」

希雅向我道謝。

「雖然很麻煩，但我也很開心喔。」

「優奈小姐，請代我向熊緩和熊急道別。下次也請讓我摸摸牠們。」

卡特蕾亞露出寂寞的表情。她曾經拜託我把熊讓給她，但我鄭重拒絕了。牠們不是可以讓出的東西，我也不打算讓出。熊緩和熊急是我很重要的家人，是無法用金錢衡量的存在。

「優奈小姐，我會更努力練習，變成能像妳一樣保護他人的騎士。」

馬力克斯，我不是騎士，我是冒險者啦。

「我覺得這次的事情教了我寶貴的一課，謝謝妳。」

堤摩爾對我低下頭。

「哎呀，大家都好有禮貌喔。」

「發生什麼事了？」

老師歪著頭。不知道大家在學校是什麼樣子的我也無法回答老師的疑問。

馬力克斯和吉古德等人一起走出教職員室。現場只剩下我和傑德先生、梅爾小姐這些冒險者。我們接下來好像要報告事情的經過。雖然麻煩，但因為是工作也沒辦法。

「那麼老師，我到那邊聽她敘述過程，再寫成報告書。」

「怎麼能讓艾蕾羅拉大人做這種事呢？」

「別在意，別在意，只是我想聽而已。而且老師也要聽另外兩位冒險者敘述過程吧。」

艾蕾羅拉小姐望向傑德先生和梅爾小姐。

「這樣啊……我明白了。那麼那位熊姑娘拜託艾蕾羅拉大人了。」

太好了。我本來不想突然向老師提起黑虎的事，幸好對象是比較了解我的艾蕾羅拉小姐。

我和傑德先生與梅爾小姐在這裡道別。

「優奈，我們還會去克里莫尼亞的，到時候一起工作吧。」

「到時候我們去屠龍吧。」

我這麼回答梅爾小姐的客套話，梅爾小姐和傑德先生都笑了。

我和艾蕾羅拉小姐移動到離老師遠一點的位置，坐上附近的椅子。

「優奈，辛苦妳了。感覺怎麼樣？」

「很累。我沒想到坐馬車旅行會這麼累。」

這讓我更加想感謝熊緩和熊急。

「呵呵，辛苦妳了。這是一次很好的經驗吧？」

雖然我不太想要這種經驗就是了。我開始向艾蕾羅拉小姐報告實地訓練的過程。

我說出關於哥布林、馬力克斯等人的行動、村子與黑虎的事。就算我不說，馬力克斯他們應該也會提到，沒辦法隱瞞。

「……黑虎啊。」

聽到我說的話，艾蕾羅拉小姐露出驚訝的表情。

「不要太責怪那些學生喔，他們只是想要救村民而已。而且我們沒聽說有黑虎出沒，我也沒有阻止他們。」

「這也沒辦法，不是妳的責任。不過，真的很謝謝妳。一想到要是沒有優奈在，我就覺得好可怕。」

雖然要看護衛的冒險者是誰，但如果沒有我在，學生可能已經被殺了。

「對了，馬力克斯他們的行動會被扣分嗎？」

他們做了危險的事情，這個事實不會改變。可是，他們對村民伸出援手也是事實。最後會怎麼評分呢？

「從我們自己的立場來思考，會被扣分呢。可是，我覺得總比見死不救來得好。他們將來會成為國家的棟梁，所以我不希望他們輕易選擇拋棄他人。有能力救助人命就要行動，可是沒有能力的話，放棄是很重要。所以我想這次的事情對他們來說應該是很好的一課。」

這段說明讓我不知道是扣分還是加分。艾蕾羅拉小姐自己該不會也拿不定主意吧？

話說回來，不管是哪個世界，培育人才都很辛苦呢。每個人的想法都各不相同，事情的好壞也很難判斷。如果被扣分的話，他們或許會不願意再幫助人。如果讚揚他們，他們或許又會做出冒險的事。教育真是困難。

「這次得感謝妳呢。謝謝妳保護那些孩子們。」

「不用謝啦，因為是工作。可是下次我會拒絕喔。」

「真是太遺憾了。」

她看起來好像不怎麼遺憾。

「那麼在妳看來，他們是什麼樣的人？」

「馬力克斯的行動力很強，但是太衝動了。」

這是他的優點，但也可說是缺點。

「堤摩爾看似軟弱，但到了緊要關頭就會變得很堅強。」

馬力克斯要留下來對付黑虎的時候，堤摩爾也決定留下。

「卡特蕾亞是能掌握當下情況的人。」

「那麼希雅呢？」

「艾蕾羅拉小姐應該比我更了解希雅吧。」

而且希雅一開始就知道關於我的事情，所以我很難評論她的行動和發言。

後來艾蕾羅拉小姐問了我幾個問題，而我回答她。回答完所有的問題，也完成報告的我終於可以回家了。我正要從椅子上站起來的時候，艾蕾羅拉小姐叫住我。

「優奈，等一下。來，這個給妳。」

艾蕾羅拉小姐從道具袋裡取出一本薄薄的書交給我。我接過書一看，上面畫著熊。這是我畫給芙蘿拉大人的繪本《熊熊與少女》。

「繪本已經完成了，所以想交給妳。」

我隨意翻閱繪本。書裝訂得很漂亮，我也許有點高興。

「嗯？」

我看繪本的時候，發現一個令人在意的地方。作者名是「熊」。雖然沒錯，但為什麼是熊？

艾蕾羅拉小姐發現我在看作者名。

「這樣比放本名好吧？」

是沒錯，但用「熊」有點怪。

「要不然，下次做書的時候要改成妳的名字嗎？」

「不，寫熊就可以了。」

我絕對不想放自己的名字，把熊當成自己的筆名就行了。不過，這個名字還真直接。

「我記得妳說過想要各十本繪本吧。」

艾蕾羅拉小姐從道具袋裡拿出更多繪本，放到桌上。

第一集有九本，第二集有十本。和我手上的繪本加起來就是各十本。

「繪本很受好評喔。收到的人都很高興。要是可以在全國販售就好了。」

「我沒有那個打算。」

要是流通到全國，有人催促我畫續集就麻煩了。畫畫是在想畫的時候畫才是最開心的，不應該勉強自己。

「如果妳想賣的話，要告訴我喔。我隨時都可以幫妳大力促銷。」

「請容我慎重地拒絕。」

「哎呀，真可惜。可是，我和芙蘿拉大人都很期待續集喔。下一集的標題就叫做《熊熊與艾蕾羅拉》怎麼樣？」

「為什麼會出現艾蕾羅拉小姐的名字？」

「因為熊熊是妳嘛。既然這樣，讓我出場也沒關係吧。」

「就算要出場也是諾雅。如果艾蕾羅拉小姐要出場，那就是演欺騙熊熊的壞人。」

「什麼欺騙，真過分。不過，我也想看看有自己女兒出場的繪本呢。」

「可是我暫時不會畫圖喔。」

我想要暫時悠閒一陣子。

「既然這樣，表示妳過一陣子就會畫了吧？到時候要把諾雅和我畫得可愛一點喔。」

我無視艾蕾羅拉小姐的話，把繪本收到熊熊箱裡。改天把書拿去孤兒院吧。這樣應該多少可以幫助孩子們學習識字。

這次艾蕾羅拉小姐的事情終於全部辦完，我可以回去了。雖然我想在最後跟傑德先生和梅爾小姐打聲招呼，但兩人已經離開了。也對，正常來講，其他人要報告的事情應該不像我這麼多，大概早就結束了吧。我一個人走出學校。

或許是時機不好，正好碰到學生的放學時間。

「那是之前來的那隻熊吧。」、「那就是傳聞中的熊啊。」、「好可愛。」、「熊在走路耶。」、「那種衣服到底是在哪裡買的啊？」、「不知道她跟艾蕾羅拉小姐有什麼關係。」、「好想抱抱她喔。」我遇到的反應就跟上次來學校時一樣。

我正想要逃離學生的視線時，馬力克斯等人出現在我面前。

接著，他們瞪著對我議論紛紛的學生。

「希雅，怎麼了？你們不是回去了嗎？」

「我們一直在等妳。」

「為什麼？」

「當然是為了答謝妳嘍。」

希雅抓住我的熊熊玩偶手套。

「因為妳救了我們一命。」

「我們討論過後，決定答謝優奈小姐。」

堤摩爾和卡特蕾亞也點點頭。

「優奈小姐，我們去吃飯吧。」

「我們是學生，所以沒什麼錢，但是知道便宜又好吃的餐廳。」

「大家不回家沒關係嗎？已經很晚了耶。」

差不多傍晚了。

「沒關係，家裡的人還不知道我們已經回來了。」

既然這樣，不是更應該早點回家嗎？

不對，艾蕾羅拉小姐知道這件事吧。

「回來之後，隊伍成員通常會開慶功宴。」

「優奈小姐，我們走吧。」

我被希雅和卡特蕾亞拉著走，馬力克斯和堤摩爾則跟在我們後面。我沒辦法拒絕，只好乖乖跟著希雅等人走。

後來，學生們請我吃了一頓晚餐。

嗯，很好吃。

135 熊熊送繪本去孤兒院

希雅他們請我吃飯的晚上，回到克里莫尼亞的我洗過澡就穿上白熊服裝，倒到床上。好久沒回到自己家了，真得感謝熊熊傳送門才行。

果然還是在自己習慣的床上睡覺最舒服。

我叫出變成小熊的熊緩和熊急。牠們最近都被希雅和卡特蕾亞搶走，我好久沒有抱到牠們了。摸起來毛茸茸的，我摸著摸著就覺得愈來愈想睡覺。抱著熊緩和熊急，眼皮漸漸往下沉，差不多快要到極限了。

「熊緩、熊急，我要睡了喔。」

我被左右兩邊的熊緩和熊急包圍著，進入夢鄉。

隔天，我睜開眼睛左顧右盼，發現熊緩和熊急像顆包子一樣捲起身子睡覺。我溫柔地摸摸熊緩和熊急，然後召回牠們。

換上黑熊服裝，我前往「熊熊的休憩小店」吃早餐。我從後門走進店內，就聞到剛出爐的麵包香氣。莫琳小姐正在店裡烤麵包，周圍有孩子們正在賣力地揉麵團或是做布丁。

「優奈，妳回來啦。」

發現我從後門走進來的莫琳小姐一邊烤麵包一邊對我打招呼。聽到她的聲音，孩子們也朝我看過來。而莫琳小姐制止了想要跑過來找我的孩子們。

「我知道你們很高興優奈回來了，可是還要準備開店呢，手不要停下來！」

「大家要聽莫琳小姐的話，乖乖工作喔。」

孩子們回應「好～」，然後重新開始工作。莫琳小姐用「真拿你們沒辦法」的表情看著孩子們。不過，她的表情看起來也像在微笑。

「莫琳小姐，我可以拿麵包嗎？」

我向莫琳小姐要麵包當作早餐。可以吃到剛出爐的麵包也是當老闆的特權。等一下還要請她做一些剛烤好的麵包，補充到熊熊箱裡才行。之前因為實地訓練的關係，消耗了不少麵包。

「隨意拿喜歡的麵包去吧。」

我接受莫琳小姐的好意，拿走剛做好的麵包。每個麵包都飄散出剛烤好的美味香氣，讓人不知道怎麼挑選。

我正在猶豫時，發現孩子們正在看我要選哪個麵包。難道這裡面有孩子們做的麵包？

我選了幾個麵包後，有些孩子很高興，也有些孩子很失望，表情很明顯地分成兩種。我實在吃不下所有人做的麵包，所以在心裡對麵包沒有被選上的孩子道歉。

我正要去拿放冰箱裡的果汁時，卡琳小姐帶著笑容從冰箱裡拿出果汁給我。

「卡琳小姐，謝謝妳。」

我接過冰涼的果汁，喝了起來。

「妳真受孩子們歡迎。」

與其說受歡迎，還比較像是餵雛鳥吃東西之後，被雛鳥纏上的感覺。我一邊吃麵包，一邊看著孩子們。

「最近店裡的情況怎麼樣？」

「就像妳知道的，每天都很忙碌。」

「人手還夠嗎？」

「這倒是沒問題。米露他們都很認真工作。」

聽到這句話，僱用小孩子工作的我感到有點愧疚。可是在這個世界，小孩子工作是很普遍的事情。農家的孩子會幫忙務農，商人的孩子會幫忙做生意。有許多孩子從小就開始幫父母工作了，所以小孩子工作很普遍。

在我眼前的卡琳小姐也一樣。聽說她從小就開始幫忙做麵包了。

「因為她們非常努力工作，讓我想起自己小時候就覺得好丟臉。」

卡琳小姐拿過去的自己和努力在店裡工作的孩子們比較，苦笑了起來。

「妳沒有幫忙嗎？」

「這孩子成天就只知道玩啊。」

我是問卡琳小姐，卻從別的地方傳來回答。

「媽媽！」

聽到我們對話的莫琳小姐插嘴說道：

「這孩子啊，以前可是個怎麼叫她幫忙都叫不動的壞孩子呢。」

「媽媽，那都多久以前的事了。」

「什麼以前的事，也才過了幾年吧。」

對卡琳小姐來說是很久以前的事，對莫琳小姐來說卻好像是前一陣子的事。

「卡琳姊姊，妳以前沒有幫忙嗎？」

孩子們用純真的眼神看著卡琳小姐。

「我有啦。只是有稍微偷懶而已。」

卡琳小姐拚命向孩子們找藉口。感覺好溫馨。

「那算是只有稍微偷懶嗎？」

莫琳小姐似乎想起小時候的卡琳小姐，笑了出來。

「媽媽！」

「呵呵，開玩笑的啦。妳現在很努力幫忙，我很高興。」

「我也是會長大的。」

「是啊。妳要好好學習爸爸做麵包的技術喔。」

「媽媽……」

莫琳小姐母女倆的氣氛正感人的時候，孩子們亂入插話。

「我、我也會認真學的。」

「我也……」

「我也是！」

孩子們開始表現自己。

「哎呀哎呀，有這麼多徒弟真令人高興。卡琳，妳要是再這麼慢吞吞的，就要被這些孩子超越了喔。」

「我才不會被超越呢。」

卡琳小姐這麼說完就回到工作崗位上。孩子們也跟在她背後，莫琳小姐開心地看著他們的背影。

看到這樣的大家，會讓人忍不住漾起笑容呢。幸好大家都很幸福。

吃完早餐的我為了送繪本而前往孤兒院。我一到孤兒院就有熊熊擺飾迎接我。雖然它是保護孤兒院的守護神，但因為是Q版的造型，感覺不太像守護神。

我經過熊熊擺飾旁邊，走進孤兒院。

這個時間有人在店裡工作，有人在雞舍照顧咕咕鳥。就算有孩子，應該也只剩幼年組吧。幼年組指的是小嬰兒到五六歲左右的孩子們。在這所孤兒院，就算是五六歲的孩子也要跟院長一起照顧更年幼的小孩子。正確來說也是一起玩。

幼年組會待在遊戲間。我前往遊戲間，院長和年幼的孩子們果然都在。

「院長，早安。」

「優奈小姐，妳結束工作回來啦。」

幼年組的孩子們用小小的步伐朝我跑過來，抱住我的腳。我摸摸孩子們的頭，和他們一起走向院長。

「工作結束了，所以我來看看孩子們，順便帶禮物過來。」

「禮物是什麼？」

一個孩子握著我的熊熊手套問道。

「是食物嗎？」

「好吃的東西嗎？」

「抱歉，不是食物喔。」

「是嗎？」

孩子們一臉失望。我是不是也該帶食物過來呢？

「不行，不可以任性。多虧有優奈小姐，大家才能每天都有好吃的飯菜可以吃喔。」

院長訓誡孩子們。那並不是我的功勞，而是多虧有孤兒院的大孩子在店裡工作，或是照顧咕咕鳥。我所做的事情只是建立基礎罷了，其他都是大家努力工作的成果。

「是，對噗起。」

孩子乖巧地道歉。

「我下次會帶好吃的東西來的。今天的禮物是繪本喔。」

「繪本？」

我從熊熊箱裡拿出《熊熊與少女》的繪本。

「是熊熊耶～」

一個孩子從我手中接過繪本。

「啊～太賊了。我也要看啦～」

「我也想看……」

「不用搶喔。」

我再拿出一本第一集的繪本。

「要大家一起看喔。」

「好～」

孩子們和樂融融地開始閱讀繪本。

「優奈小姐，謝謝妳。」

「對了，繪本還有第二集，孩子們讀完第一集之後請唸給他們聽。」

我把兩本《熊熊與少女》的第二集交給院長。

「哎呀，好可愛的圖畫。」

「如果孩子也想要其他繪本，請跟堤露米娜小姐說一聲。」

「不用了。那些孩子不會亂要東西。」

「繪本可以拿來學習識字，不算是亂要東西啦。」

「謝謝妳。來，大家來跟優奈小姐說謝謝。」

正在讀繪本的孩子們看著我，向我道謝。

「大家要好好讀書，不可以給院長添麻煩喔。」

孩子們很有精神地回話。後來，我跟院長聊了一下最近的事，也唸繪本給孩子們聽，度過了這段時間。

136 熊熊發現安絲

從王都回來後的幾天，我過得很悠閒。

我會沒事去冒險者公會晃晃，有時候帶菲娜和修莉、諾雅跟熊緩與熊急一起散步，或是去見蜂木附近的熊，很享受異世界生活。

今天我從早上開始就和熊緩與熊急一起在床上休息，也可以說是賴床。

我無事可做，也什麼都不想做。像這樣時間空下來的時候，我有時會很懷念網路和遊戲。這個世界雖然也很有趣，缺點就是娛樂太少了。下次就集合孤兒院的孩子們，做一些桌上遊戲來玩好了。黑白棋、將棋、西洋棋、大富翁、撲克牌，還有其他各式各樣的遊戲。我想著這些事時，肚子開始叫了起來。

就算醒來後只賴在床上，沒有吃早餐還是會餓。所以為了填飽肚子，我決定前往「熊熊的休憩小店」。

我離開熊熊屋，走在通往店面的路上時，前方有熟悉的人走了過來。

「怎麼，妳要出門嗎？」

克里夫一個人走在路上。這個世界的貴族會一個人行動呢。諾雅也經常偷溜出來，一個人走在街上，國王也曾經跑來我家。不過，我覺得那個國王大概是特殊案例，普通的國王應該不會在外面到處亂跑。

是因為很安全，還是沒有危機意識呢？我覺得應該是前者。

大門會檢查通行人是不是罪犯，路上也可以看到衛兵在巡邏。代表城裡就是那麼安全吧？

其他關於異世界的作品裡，貴族和大小姐一定會有隨身保鑣。特別是大小姐，身邊一定有美男子護衛，有時候還會發展成戀愛。

諾雅明明一樣是貴族千金，身邊卻沒有美男子護衛。正常來說，年輕女孩身邊如果有美男子護衛跟著，應該會引發奇怪的傳言，導致無法結婚。這就是小說漫畫與現實之間的不同嗎？

如果諾雅也出現在小說或漫畫的世界，說不定會過著被帥哥圍繞的生活。

「我肚子餓了，正要去吃飯。你呢？」

「我正要去妳家。」

「我家？」

他說出我意想不到的話。諾雅會來我家，但克里夫很少過來。大部分的時候，他都是託女僕菈菈小姐或是諾雅傳話給我。

「我有事情要跟妳說。對了，我也餓了。可以跟妳一起去嗎？」

「是無所謂啦。」

沒必要拒絕，所以我答應了。我和克里夫一起前往距離熊熊屋不遠的「熊熊的休憩小店」。

我走進店裡，但其他人的反應很冷淡，沒有人對我投射令人不快的視線。如果這裡是王都，應該會有人說「有熊來了」，開始議論紛紛或是上下打量我，到處都能聽到「熊」這個字眼，但這家店裡聽不到那種聲音。

我穿著熊熊服裝來吃過好幾次飯，這裡是我的店的事情也已經傳開了。而且說不定也是因為孩子們穿著熊熊外套的關係。

現在打扮成熊的孩子們也在店裡忙進忙出。

進到店裡的我和克里夫走向櫃台。穿著熊熊外套的女孩子接待我們。

我想想，要點什麼好呢？每樣東西看起來都很好吃。經過一番猶豫，我點了莫琳小姐新推出的兩個漢堡和薯條與果汁。克里夫只說了「我也點同樣的東西」就完成點餐。

基本上，我以客人的身分從正門進來的時候都會付錢。所以這次我也打算拿錢出來，一旁的克里夫卻出了兩人份的錢。

「這樣好嗎？」

「別在意。」

我們接過自己點的餐點後，在空著的位子上坐下。

「所以，你有什麼事情要找我？」

我吃著薯條，詢問坐在對面的克里夫。

「與其說是有事情找妳，不如說是通知。隧道的整修再過幾天就要結束了。」

「終於要完工了啊。」

我吃著莫琳小姐新推出的漢堡回答。領主大人似乎是特地親自來通知我隧道完工的消息。

「如果只是要使用，以妳剛挖好的狀態也行，不過畢竟有馬車要通行。必須裝設光源，還要有馬的休息處，另外也得整修城市到隧道的道路，所以花了不少時間。」

克里夫一邊說明一邊吃著薯條。嗯，隧道的事情就交給專家處理吧。我這個外行人不該插嘴。我只要可以確保安全流通海鮮的路線就沒問題了。

「那麼，我們這裡的人也已經可以去密利拉鎮了吧？」

「是啊，雖然已經運送過麵粉等必需品，但以後也可以供工作人員以外的人正式通行。到時候就會跟之前交給妳的契約書寫的一樣，有一部分的通行費會匯到妳的公會戶頭裡面。如果想要知道詳細情形，就去問米蕾奴吧。」

很久以前，克里夫和米蕾奴小姐曾經拿契約書來我家。

因為很麻煩，所以我沒有詳讀，但我記得上面寫著通行費會匯到公會戶頭裡、我通行的時候可以免付費，而且一起通行的人也適用這幾點。

「旅館已經蓋好了嗎？」

「我聽說蓋了兩間左右，是否足夠就要再觀察了。這部分的問題，密利拉的鎮長和商業公會

會想辦法。我有叫他們人手不夠的話要聯絡我，應該沒問題。」

實際情況會如何，的確要等到隧道開通之後才知道。

去做生意的人、去看海的人、去工作的人、去玩的人都有，不知道會有多少人來往。人多的話，空房就會不夠。相反的，如果沒人來，兩間旅館可能就足夠了。

不過，既然隧道快完工了，就表示安絲近期就會過來了吧？

雖然我已經拜託堤露米娜小姐處理安絲的事，但她們兩個人互不相識。這麼一想，既然我已經結束王都的工作，現在或許是適合她過來的時機。

「話說回來，這家店的食物真好吃。」

克里夫發表對餐點的感想。可以受到貴族的認可，應該是非常好的評價。我早就已經瞞著莫琳小姐給國王吃過這裡的食物。這裡的麵包連王室都認可，不可能難吃的。

莫琳小姐會聽我這個知識淺薄的人說關於日本人做麵包的事情，融合至今的知識和經驗，仍不斷研究麵包並推出新產品。

我覺得這裡應該是這個王國內最好吃的麵包店。雖然現在這麼擔心有點晚，莫琳小姐不會被挖角吧？為了防止她被挖角，下次或許應該跟她談談薪水的事。

「那麼我還有工作，要回去了。如果有什麼事情想問就到我的宅邸來吧。」

或許是要帶回去給諾雅吃，克里夫買了一些麵包才離開。

從克里夫那裡聽說關於隧道的事後過了幾天，隧道完工的消息正式發表了。

幾乎所有人都知道隧道的事。因為砍伐樹木、整修道路、狩獵魔物等政策，密利拉鎮和隧道的消息都在各地傳開了。所以居民都沒有感到驚訝，而是感到高興。

後來過了一陣子，某天我走在街上時，城市裡有點吵鬧。

發生什麼事了嗎？

反正也很閒，我往喧囂的來源前進，看見城市的大門附近停了許多馬車。我走向大門確認，從周圍的人口中聽見「密利拉鎮」這個詞彙。

看來似乎是有密利拉鎮的人抵達城裡了。現在馬車正好一一駛入城內。搭乘馬車過來，看似商人的男人向衛兵詢問許多問題。

馬車應該停在哪裡？

商業公會在哪裡？

哪裡有好的旅館？

衛兵仔細地回答這些問題。

從其他馬車也走下許多獲准進城的人。馬車似乎是多人共乘，有很多人下車。其中也包含不像是繼承了迪加先生基因的女性。

那個人毫無疑問是安絲。沒想到隧道才剛開通，她馬上就過來了。安絲身邊站著四名女性。

她們就是安絲提過的那群女性嗎？

安絲等人往周圍東張西望。她們看起來就像是第一次進城的鄉下人。我偷偷靠近，不被她們發現。熊熊鞋子不會發出腳步聲，不必擔心會因為腳步聲而洩漏行蹤。

可是安絲突然往後轉身看向我。

「優奈小姐！」

安絲很高興地朝我跑來。我本來想要嚇她一跳，卻失敗了。為什麼呢？

「真虧妳能注意到我。」

「因為只要聽到附近有人說『有熊熊』、『熊來了』，就知道優奈小姐在附近了。」

我往周圍望去，發現不只是克里莫尼亞的居民，從密利拉鎮過來的人也在看著我。不會因為腳步聲，也會因為外表而被發現，真是不平衡的熊熊裝備。

「優奈小姐，妳是來接我們的嗎？」

我們原本約好在孤兒院見面。

「是湊巧啦。我在路上散步，發現城裡有點吵，一來就看到妳了而已。可是隧道才剛開通吧，我沒想到妳會這麼快就過來。」

「其實開往克里莫尼亞的馬車有很多人預約，我沒有搶到位子，但商業公會優先讓我們搭乘了。」

「是嗎？」

「是的。傑雷莫先生說這是為了感謝優奈小姐。相對地，他希望我好好幫密利拉宣傳。我會努力的，請多多指教。」

安絲高興地對我露出笑容，真可愛。這種笑容應該要展現給男人看比較好，那樣的話就可以早點找到老公了。我在心裡低喃。

不過，安絲之所以到現在都沒有男朋友，一定是因為迪加先生在身邊的關係。她會做菜，長得又漂亮，除此之外沒有其他交不到男朋友的理由了。

迪加先生拜託我幫忙找安絲的結婚對象，可是既然迪加先生不在，說不定意外地很快就找到了。

「話說回來，這座城市好大喔。感覺我會迷路。」

安絲環顧著街道。這裡的確比密利拉鎮大，人也更多。

我們兩個在說話的時候，從剛才開始就跟在安絲後面的幾名女性交互看著安絲和我。

其中一個人拉拉安絲的衣服。

「安絲，妳是不是忘了我們？」

「對啊，可以把我們介紹給小熊認識嗎？」

聽到這句話，其他女性也點點頭。可是，小熊是什麼？

「啊，抱歉。優奈小姐，這幾位就是我之前提過要到店裡幫忙的人。」

之前聽安絲提過的女性有四位。年齡大概是20歲到25歲，前提是她們不像艾蕾羅拉小姐一樣，屬於年齡詐欺的類型的話啦。

「可以直接叫妳優奈嗎？可是以後要受妳照顧了，還是叫優奈小姐比較好？」

「想要怎麼叫都沒問題。可是，不要叫我小熊。」

我看著剛才叫我小熊的女性。她把頭髮在後腦杓束起。

「咦咦～小熊很可愛吧？」

這樣聽起來很像在叫布偶或是剛出生的熊。聽起來絕對沒有正面的意思。

「我以老闆的權限禁止。」

「小熊。」

我瞪著她。

「嗚嗚，我知道了啦。那就叫妳優奈，好嗎？」

我點點頭。

要是被其他人聽見了，一定會有人想要模仿。我可以接受人家叫我熊姑娘，但是不知道為什麼，我的內心很抗拒小熊這個稱呼，覺得絕對不可以讓別人這麼叫我。

「那我也叫妳優奈喔。」

接著，每個人開始自我介紹。

外表最成熟的女性是妮芙小姐。她的笑容看起來很有包容力，是很迷人的女性。

相反地，年齡最小，看起來很活潑的女性是賽諾小姐。她就是叫我「小熊」的人。年齡大約

是20歲。

接著是弗爾妮小姐。她感覺像是安絲和賽諾小姐的姊姊。

最後是貝朵小姐。她把頭髮梳理得很整齊，是感覺很正經的女性。

「我們真的跟過來了，不過這樣真的好嗎？會不會給妳添麻煩？」

最年長的妮芙小姐問我。

「不麻煩喔。我想妳們應該聽安絲說過了，店裡沒有會料理海鮮的人，所以幫了大忙。」

這附近雖然有河川，卻沒有海港。所以這裡連海鮮類的食材都沒有。

「我們的工作只要殺魚和做料理就可以了嗎？」

「主要是這些工作沒錯，可是不只這些。還要進貨、管理食材和錢，安絲一個人做太辛苦了。」

或許還有其他事情要做。雖然我也想過要找堤露米娜小姐幫忙，但是她也很忙。主要是我害的。所以，我想把開店的事情盡量交由安絲她們去處理。

「安絲，妳要多教我們喔。」

「這些事情，我也是第一次遇到耶。」

「店裡有位經常採購食材和管錢的人，妳們一開始可以問問她。」

我決定先請堤露米娜小姐幫忙。堤露米娜小姐最清楚要去哪裡採購蔬菜等食材，還有管錢的方法。

「總而言之，明天再談關於工作的事情吧。今天大家搭馬車過來，應該都累了吧？」

「那個，優奈小姐，可以請妳介紹便宜的旅館給我們嗎？」

「旅館？」

「要是不早點找旅館，就要被別人搶先了。今天我們會先住在旅館，明天再去找可以大家一起住的地方。」

「沒有那個必要喔。妳們可以住在店面的樓上。那裡很寬敞，空間應該足夠。」

「店面樓上嗎？」

「嗯，這樣要開店也很輕鬆吧。」

徒步0分鐘就可以到達工作場所。來回很輕鬆，工作累了也可以馬上休息，是很棒的房子。

「三餐也可以用店裡的食材，所以食衣住的食和住是免費的。至於想要怎麼做，妳們可以討論過後再決定。」

總而言之，我想要帶著大家快點離開這裡。從剛才開始，周圍看著我的視線就很擾人。從密利拉鎮過來的人所投射的視線特別多。要是有人來搭話就麻煩了，於是我帶著安絲等人離開現場。

137 熊熊幫安絲帶路

安絲等人或許是對城市裡感到好奇，一邊四處張望一邊走著。我第一次來到克里莫尼亞的時候也做過同樣的事，所以沒有資格說別人。可是，我觀察周圍是為了確認這裡是遊戲世界還是異世界。而且不只是我看別人，感覺是別人在看我。當時大家應該是第一次見到熊熊布偶裝，每個人都會停下腳步看著我。雖然只限定於我的出沒地點，但現在已經愈來愈少人感到稀奇了。

我來到異世界已經過了幾個月。時間過得真快。

「人好多喔。」

「是啊。」

「我們真的可以在這座城市工作嗎？」

「不知道我能不能做好。」

「大家不是說好要一起努力了嗎？」

「城裡的人都打扮得好時髦喔。」

「嗯，可是……沒有呢。」

「沒有呢。」

我正在想是沒有什麼的時候，大家都轉頭看我。

為什麼要看我？

「沒有什麼？」

「穿得像優奈一樣的人。」

「沒有熊。」

「我還以為城裡會有像優奈一樣穿著熊熊衣服的人。」

大家點點頭。原來妳們在想這種事？

真是令人驚訝的瞬間。按照常識判斷，根本不可能有人穿著跟我一樣的布偶裝在街上走。再說這個世界應該沒有布偶裝的文化。

可是她們從來沒有離開過密利拉鎮，在克里莫尼亞的資訊進不來的情況下，看到從克里莫尼亞來的我，她們就以為城裡有人會穿布偶裝嗎？

不對，最近也有人從克里莫尼亞到密利拉工作，所以應該會覺得奇怪吧？

「沒有人會穿和優奈小姐一樣的衣服嗎？」

好難回答的問題。

「沒、沒有啦。」

我只能這麼回答。不存在除此之外的答案。要說有沒有人穿，頂多只有在我的店裡工作的孩子們。可是那是制服，並不是平常的便服，而且是外套。

沒錯，就像那樣的熊熊外套。

「…………」

我的視線定在走在路上的小孩身上。那毫無疑問是在「熊熊的休憩小店」工作的孩子們。

為、為什孩子們會走在這種地方？更重要的是，為什麼穿著店裡的制服走在路上？

現在的時間是……店裡的工作呢？各種問題在我的腦海中快速迴轉，卻得不出答案。

我看著身穿熊熊制服的孩子們時，賽諾小姐注意到孩子們。

「那是！有耶。那些孩子穿著熊熊的衣服呢。」

聽到賽諾小姐的聲音，大家的視線都轉向穿著熊熊外套的孩子們。同時，孩子們也注意到我。

「優奈姊姊！」

發現我的孩子們小跑步過來。成員共有三個女孩子。

「妳們怎麼會在這種地方？店裡的工作呢？」

我問出疑問。

「今天放假喔。」

啊，對喔，今天是公休日。因為沒有去店裡，我都忘了。

「優奈小姐，這些孩子是？」

我跟孩子們說話的時候，安絲問道。就算在這時含糊帶過，她們總有一天也會知道。所以我坦白說明：

「她們是在我店裡工作的孤兒院孩子。可是為什麼大家都穿著制服？今天店裡放假吧？」

「可是這件衣服很可愛，而且又溫暖嘛。」

女孩用滿臉笑容回答我。她的笑容似乎是真心的。

「而且堤露米娜小姐說過，穿著這件衣服就安全了。」

「安全？」

「她說有熊熊的加持就不會被壞人纏上，也不會被騙。所以要出去買東西的時候，我都會穿著。」

「而且穿著它去買東西的話，可以拿到優待喔。」

熊熊的加持該不會是指我吧？

可是依照我的經驗，穿著熊熊服裝反而更容易被纏上。

這樣真的沒問題嗎？我下次一定要跟堤露米娜小姐確認為什麼她覺得這樣很安全，這樣說不定會害孩子們被欺負。

「對了，為什麼妳們會在這裡？」

「院長拜託我們來買食材。」

「雖然我們放假，但是其他人還要工作。」

「大家都好乖。」

我摸摸她們的頭。孩子們瞇起眼睛，露出高興的表情。

「好了，大家去買東西時要小心喔。」

我不能一直耽誤要買東西的孩子們。孩子們很有精神地回話，然後離開。

「真是一群可愛的孩子。」

「她們是老實的好孩子呢。」

妮芙小姐等人看著孩子們說出這樣的感想。

「照顧孩子們的院長是個很善良的人，孩子們也跟她很親，所以大家都是好孩子。」

孤兒院的孩子們真的大多都是好孩子。多虧院長和莉滋小姐，孩子們都成長得很健全。

和要去買東西的孩子們道別後，我們走向安絲等人要工作的店面。去那家店時，有某個東西必然會映入眼簾。

「那是什麼？」

「熊？」

「是熊呢。」

「那是一家店嗎？」

大家在看的是「熊熊的休憩小店」。安絲的店位在「熊熊的休憩小店」附近。因此，只要走向店面，「熊熊的休憩小店」就一定會映入眼簾。

入口放著一隻大熊，屋頂上也有熊。招牌上用大大的文字寫著「熊熊的休憩小店」。

大家都在店面前方，張大嘴看著店面和熊。

「我看過和這個很像的東西。」

「哎呀真巧，我也是。」

「我也看過。」

大家點點頭後，轉頭看著我。

「這和隧道前的熊是一樣的吧？」

是的，正確答案。

「那隻熊是拿劍，這隻則是麵包呢。」

「好可愛。」

「這家店該不會是優奈的吧？」

「姑且算是我經營的店。」

「那麼，剛才那些穿著熊熊衣服的孩子是在這家店工作嗎？」

「所以才要打扮成熊啊。」

「難道我們也要在這裡工作？」

擔心的表情、不安的表情、苦笑的表情、開心的表情，她們的反應各不相同。

「這裡主要是賣麵包和輕食的店，所以我幫大家準備了另一個店面。」

「是嗎？」

「因為新的店預計要以米飯和海鮮料理為主。」

吃魚就要配米飯。可是，目前沒有米也沒有味噌。可能暫時只能賣海鮮了吧？

「話說回來，和之國的事情怎麼樣了？」

「之前有船開來，已經重啟交易了喔。」

這真是好消息。取得米和醬油、味噌的日子說不定也快到了。

「傑雷莫先生說東西一到就會送過來。」

真令人期待。我的飲食生活應該快有日式餐點加入了。

我帶著安絲等人前往店面。雖然這麼說，但安絲的店面距離「熊熊的休憩小店」沒有多遠。

一抵達現場，安絲等人的目光就定在高大的建築物上。

「好大。」

雖然比「熊熊的休憩小店」小了一號，但這裡是一棟兩層樓的高大建築。

「可是沒有熊熊耶。」

賽諾小姐把手放在額頭上，張望四周。

「這裡沒有喔。」

說到底，那只是因為米蕾奴小姐做了熊熊制服，大家才決定把店面的外觀也做成熊的樣子。

因為這樣，我才落得要親自動手的下場。

「這間店裡也做熊熊裝飾嘛。安絲也想要熊熊的擺飾吧？」

賽諾小姐徵求安絲的同意。

「我都可以。」

「那就放嘛，畢竟這裡是優奈的店。那樣一來，密利拉鎮的人也會來光顧的。」

「的確沒錯。」

弗爾妮小姐也同意賽諾小姐的話。

「而且熊熊很顯眼，就讓熊熊拿魚吧？」

「那樣的話，拿白飯也不錯。」

「是啊。說不定可以推廣給克里莫尼亞的人。」

賽諾小姐不斷說下去。

「總之，那些事情以後再說，我們先進去吧。大家都累了吧。」

我硬是結束話題，走進建築物。我有聽到賽諾小姐在後方說「做熊熊嘛」的聲音，但我假裝沒聽見。賽諾小姐似乎相當喜歡熊熊擺飾。

不過如果別人希望我做，我也不是不能做。我已經放棄抵抗了。就算抗拒也沒有用。

這次是我的小小反抗。

走進建築物就來到一個寬敞的空間。這一層樓會放桌椅，當作客人的用餐空間。

「什麼都沒有呢。」

「可是好大……」

安絲等人開始在屋內走動。

「我們真的可以在這裡開店嗎？」

「嗯，這裡是安絲的店。」

「好厲害。」

「妳喜歡的話，我也很高興。」

「優奈，我們可以去裡面看看嗎？」

我點點頭，賽諾小姐等人就開始在一樓自由探索。一樓有廚房、倉庫。因為本來是普通的住宅，所以也有浴室等地方。

安絲和妮芙小姐往廚房走去。賽諾小姐她們則往有倉庫和浴室的方向走。

「這裡比我家旅館的廚房還要漂亮。」

安絲的聲音從廚房傳來。當然了，那附近整理得很乾淨，主要是堤露米娜小姐做的。

「浴室也很漂亮喔，而且有熊呢。」

在一樓到處逛的賽諾小姐興奮地大叫。聽到她這麼說，所有人都走向浴室。

「是熊。」

「是熊呢。」

「有熊熊耶。」

和熊熊屋的浴室一樣，流出熱水的地方是熊的嘴巴。因為浴室需要修理一下，所以我有重新整修。

「可是好寬敞喔。」

「嗯，所有人一起洗也沒問題呢。」

「不過打掃起來可能會很累。」

「這點就大家一起討論，保持乾淨吧。」

在一樓逛完一圈的安絲等人走上二樓。二樓是居住空間，是給安絲她們生活的房間。

「房間有五間，妳們可以挑選喜歡的。」

聽我這麼說，賽諾小姐打開附近的房門。

「優奈，這裡是該不會是單人房吧？」

我聽安絲說要來店裡幫忙的人有四個人，所以每個房間只有放一張床。人數如果增加就要同住一間房，可是現在包括安絲總共只有五個人，所以可以一人一間房。

「我沒想到可以住單人房呢。」

「是啊，因為我們原本打算一起租房子嘛。若要租便宜的房子，不可能住到單人房。」

「優奈，我們該不會沒有薪水可領吧？」

賽諾小姐用不安的聲音問我。對了，我還沒有跟她們談到薪水的事。這部分得跟堤露米娜小姐討論一下才行。

「我會發薪水的。至於有多少，要問一下負責人才知道。」

「嗯，只要可以拿到薪水就好。」

「可以住在這裡的話，薪水有點少也沒辦法。」

明天就去找堤露米娜小姐商量吧。

「還有，這棟房子是女性專用，請不要帶男性進來。要跟男人親熱的時候請到別的地方。」

她們都是適婚年齡的女性，說不定會有類似的情形。可是，我希望她們不要在店裡亂來。

而且，我不想讓不認識的人進到這棟屋子裡。

「我暫時不想跟男人交往了。」

「我也是。」

「老公都被殺了，實在沒有那個心情。」

除了安絲以外的人都點了點頭。我並沒有忘記，有人的丈夫或孩子被殺了。這個規定說不定沒有必要。我很後悔自己沒有謹慎發言。

「妳們還有其他想問的事嗎？沒有的話，今天就可以休息了。」

時間已經到了傍晚。現在沒有時間再帶她們到街上參觀，而且長時間搭乘馬車，她們應該很累了。我決定今天讓她們早點休息。

大家看著彼此，然後微微搖頭。她們似乎沒有特別想問的事。

我把莫琳小姐和孩子們做的麵包拿出來放在房間的桌上，當作大家的晚餐和早餐。

「那麼，明天早上我會過來。今天好好休息吧。」

我和安絲等人道別之後，先去找過堤露米娜小姐才回家。

138 熊熊向安絲說明

安絲來到克里莫尼亞的隔天，我在家裡等著時，堤露米娜小姐來了。

「早安。我是不是來得有點晚？」

「妳很準時。那麼，今天拜託妳了。」

昨天帶安絲等人到店面兼宿舍的我為了和堤露米娜小姐討論一些事，拜託她到家裡來。早上明明很忙，堤露米娜小姐卻欣然答應了。

「工作沒問題嗎？」

「沒問題的。我的女兒們也有去幫忙，莉滋也在。可能會花比較多時間，但她們會好好做事的，不用擔心。」

最近莉滋小姐似乎也會管理蛋或是到商業公會辦事。堤露米娜小姐說考慮到自己有可能生病，所以也在教莉滋小姐工作上的事情。

話說回來，在工作方面，我總是受到堤露米娜小姐的照顧。而且，接下來也要請堤露米娜小姐幫忙了。

我帶著堤露米娜小姐來到安絲的店。一走進店裡，我們就看到安絲等人在一樓走來走去。

「啊，優奈小姐。早安。」

注意到我走進來的安絲跟我打招呼。

「優奈，早安。」

妮芙小姐等人也走過來，向我道早安。

「早安。大家睡得好嗎？」

「嗯，睡得很好。床躺起來也軟綿綿的，很舒服。」

安絲的臉上看不出疲勞的神色，似乎真的睡得很好。

「優奈，我們真的可以使用那些房間嗎？」

「而且是免費？」

「又可以領薪水？」

可能是相當喜歡那些房間，連賽諾小姐等人都感到懷疑。

「這該不會是可疑的工作吧？」

因為賽諾小姐這麼說，所有人的視線都聚集到我身上。

「我真的會發薪水，這也不是可疑的工作啦。」

也對，人家都說天下沒有白吃的午餐，她們會不放心也沒辦法。我本來就對這個世界的勞工待遇不太清楚。根據我以前聽說的情況，雇主會提供學徒免費的食衣住，但也有些是沒支薪的。我想也是因工作而異吧。不過在我這裡工作，我會確實支付薪水。

「對了，優奈小姐，這位小姐是誰呢？」

安絲詢問關於我身邊堤露米娜小姐的事。我向大家介紹堤露米娜小姐。

我說她是安絲以前見到的菲娜和修莉的母親，會輔佐店裡的工作，主要的工作是會計事務。介紹完堤露米娜小姐，我接著向堤露米娜小姐介紹包括安絲在內的所有成員。

「今後應該會很麻煩妳，請多多指教。」

「有什麼不懂的事情儘管問我喔。」

「是！謝謝妳。」

安絲等人的自我介紹也結束後，我們移動到一樓休息室，開始討論關於今後的事。

「那麼我來簡單說明工作內容，好嗎？如果有什麼想問的事情就告訴我吧。」

我這麼開場，簡潔地統一說明工作內容和今後的事。首先，我請安絲擔任這家店的負責人，大家要聽從安絲的指示。這家店是安絲的店，所以這也是理所當然。然後，制定菜單、店裡要推出的料理也由安絲決定。當然了，她可以找其他人商量，決定權在安絲的手上。其他人要到店裡幫忙，也要到孤兒院幫忙。工作六天就有一天休假，這一點和「熊熊的休憩小店」一樣。

「我是負責人……」

「我和堤露米娜小姐會協助妳，不用擔心。」

主要是堤露米娜小姐啦，我在心裡加上這句話。堤露米娜小姐可能也很清楚，在我旁邊露出苦笑。

「嗯，安絲只要跟迪加先生一樣做料理就可以了。」

「……好的，我會努力的。」

她輕輕點頭。

「安絲，制定菜單的時候也要請妳記錄材料分量喔。因為要看進貨價格決定販售價格。」

「好的，我明白了。」

安絲用認真的表情回答。

「還有，雖然過一陣子再說也可以，但也要決定一天要販售多少東西。要不然採購食材的時候會很麻煩。」

「也對。要是進了太多食材，最後壞掉就不好了。」

「食材的進貨是提露米娜小姐負責嗎？」

「算是吧。當然了，等到安絲習慣這座城市，有餘力的話也可以自己來。」

「我知道了。那麼，我想要親眼看看食材，可以告訴我店在哪裡嗎？」

「可以啊。我有推薦的肉鋪和蔬菜店，等一下帶妳過去。」

「謝謝妳。」

安絲高興地向提露米娜小姐道謝。

「我們的工作呢……」

賽諾小姐稍微舉起手提問。

「各位請向安絲學習料理的步驟，從旁協助她。另外還有統計營業額、管理食材、打掃店面……跟照顧孤兒院的孩子吧？」

還有什麼嗎？

「簡單來說，只要幫安絲的忙就可以了吧？」

「只要別把工作全部推給安絲一個人就好。」

「當然不會，我們都拜託安絲讓我們跟來克里莫尼亞了。我們會努力不給安絲添麻煩。」

「各位，很謝謝妳們。我也會加油的。」

安絲高興地看著年長的大姊姊們。

後來，堤露米娜小姐說明了關於薪水和店裡的事，因為我不知道適當的薪水是多少。不過，我有告訴堤露米娜小姐要比普通的行情多一點。要是人才被挖角就傷腦筋了。

對於堤露米娜小姐提出的薪水，沒有人表示不滿。

她們甚至反問「真的可以拿這麼多嗎？」包住宿的情況下，租金好像會從薪水裡扣除，可是我有請堤露米娜小姐不要扣除。

「安絲，妳不要後悔自己說過的話喔。」

「為、為什麼要說這種恐怖的話？」

「因為妳從迪加先生那裡繼承的料理手藝比妳想的還要厲害喔。妳最好有一點自覺。」

我估計會有大批客人光臨，可是這畢竟只是我的想像。到時候也有可能門可羅雀。

但是迪加先生傳授給安絲的料理很好吃，所以我想應該不會那樣啦。只不過，推廣出去可能會花一點時間。

「爸爸的料理很好吃，但是我的手藝還……」

「安絲做給我吃的料理也非常好吃喔，所以妳可以對自己更有自信。」

「謝、謝謝誇獎。我會加油的。」

「只不過，就算忙得不可開交，薪水也不會變多喔。」

「我、我知道啦。」

大家都笑了出來。

雖然我對安絲這麼說，但是我打算根據店裡的營業額來調高薪水。這是因為我必須讓安絲好好存一筆結婚資金。不管要和什麼樣的男人結婚，有錢總不是壞事，就算她會因此辭掉店裡的工作也一樣。

之後，我們討論到店內的裝潢。

「就如妳們所見，現在什麼都沒有，所以妳們可以一起討論再決定。」

店裡空無一物。我們現在坐著的休息室桌椅是沿用以前的人留下來的東西，不是店裡要用的桌椅。

「要由我們來決定嗎？」

「因為這是安絲的店嘛。妳們可以自由發揮。決定好了就告訴堤露米娜小姐，她會向業者訂貨。」

我不知道是要找家具店還是木工，所以交給堤露米娜小姐處理。

「果然是要由我來做啊。」

堤露米娜小姐嘆一口氣。對此，我笑著帶過。安絲露出很抱歉的表情。

「廚房也是，如果有想要的道具就告訴我吧。」

「我姑且有把家裡用慣的道具帶來，可是沒有大家的份，所以想請妳訂購。」

「我知道了。那麼，可以先調查看看需要哪些道具嗎？可以的話，也請妳們指定盛裝料理的盤子和杯子等東西。」

「那個，請問我也可以選盤子嗎？」

「可以啊。可是，價格要跟堤露米娜小姐商量喔。」

「好的，我明白了。」

除此之外，製作菜單和工作分配等事情會由安絲在這幾天內決定。

討論完店裡的事情後，我們接著談到了孤兒院。

我向大家說明孤兒院的孩子們會照顧咕咕鳥，還有昨天遇到的打扮成熊的孩子們是在「熊熊的休憩小店」工作的事。

「那麼優奈，孤兒院的工作要做些什麼？跟孩子們一起照顧鳥兒就行了嗎？」

最年長的妮芙小姐問我。

「孩子們會做工作，所以我想要請妳們到孤兒院幫忙，或是照顧幼年組的孩子。雖然孩子們也會做，但我希望妳們幫忙洗衣服和打掃、做飯。因為孩子人數多，有很多事要忙。另外如果有時間的話，希望妳們教他們簡單的讀寫和算數。」

孩子們好像會在空閒的時間念書，但目前院長一個人沒辦法顧及所有的孩子。不會讀書寫字的話，也可能會在簽約的時候受騙。不會算術的話，可能會在金錢交易的時候受騙。不管孤兒院的孩子們將來要做什麼樣的工作，這些都是必要的技能。學會閱讀文字和算數的話，將來能派上用場，工作的選擇也會增加。

「意外地辛苦呢。」

現在只有院長和莉滋小姐兩個人在工作。我覺得她們很辛苦。

「孩子啊，讓人搞不清楚腦袋裡在想什麼，又精力充沛的。照顧小孩子真的很辛苦。」

妮芙小姐似乎有經驗，開始沉浸在回憶裡。接著，她露出有些悲傷的表情。

我記得從盜賊手中被救出的人之中，也有人的孩子遭到殺害。妮芙小姐或許就是其中之一。

當然，我不會開口問這種事。

討論結束之後，為了介紹孤兒院的孩子們，我們前往孤兒院。

139 熊熊帶安絲等人去孤兒院 其一

說明完畢的我們帶著安絲等人前往孤兒院。

「堤露米娜小姐是菲娜和修莉的媽媽對吧？」

「是啊，她們好像在密利拉受過妳的照顧，謝謝妳。」

「沒有啦，我只是做做料理而已。」

安絲揮著手否認。

「可是，她們說料理很好吃喔。」

「跟爸爸比起來，我還差得遠呢。」

「沒有那回事，安絲的料理也很好吃喔。」

「優奈小姐……」

安絲聽了我說的話，露出開心的表情。我不是說客套話，安絲的料理真的非常美味。

「呵呵。那麼，我也很期待安絲的料理喔。」

「嗚嗚，我會努力的。」

當我們聊天時，可以看到孤兒院了。既然看到了孤兒院，一定也會看到那個東西。

「這裡也有熊熊呢。」

「是熊耶。」

「這裡的熊熊也好可愛喔。」

新蓋的孤兒院前方因為孩子們的要求，矗立著熊熊石像。

「我們的店裡也做熊熊擺飾嘛。」

賽諾小姐這麼呼籲大家。

「既然是優奈的店，果然需要呢。」

就連堤露米娜小姐都開始這麼說。

再這樣下去，我會落得也要幫安絲的店做熊熊石像的下場。就算知道是無謂的抵抗，我依然向安絲尋求幫助。

「那家店是安絲的，有熊也太奇怪了吧。安絲也這麼想吧？」

只要安絲拒絕，我就有不做的理由了。

「……我覺得有熊熊也沒關係。」

她別開眼神這麼說。我被安絲背叛了。

「安絲也這麼想吧？」

堤露米娜小姐露出像在比賽中獲勝的笑容。堤露米娜小姐受到米蕾奴小姐的影響了啦。難道她們在我不知道的時候變得很意氣相投？

「要做的話，熊熊的手上果然是拿魚吧？」

賽諾小姐開始思考要給熊熊拿的東西。

「魚是很重要，不過烏賊和章魚應該也不錯吧？」

「既然這樣，也要做貝類才行。」

「要不然，全部都做不就好了？」

堤露米娜小姐統整大家的意見。呃，那是由我來做吧？被克里夫逼著在隧道前做熊熊石像的事情浮現在我的腦海中。

以賽諾小姐為中心，大家提出各式各樣的點子。安絲和堤露米娜小姐都不站在我這一邊了，所以我失去了否決的力量。

「不要再討論熊熊擺飾了，我們進去吧。」

我們已經來到孤兒院的門前。我阻止聊個不停的大家，叫她們進去孤兒院。

我帶著安絲等人進入孤兒院，前往孩子的遊戲間。孩子們以席地而坐的院長為中心聚集，讀著繪本。

「優奈小姐，歡迎。」

「院長，早安。」

注意到我的孩子們跑過來。

「熊姊姊。」

孩子們抱住我的肚子和腳、手臂。如果沒有穿著熊熊裝備，我應該已經被推倒了吧。就算是大人，被三到四個小孩子撲上來也有可能跌倒。

該說不愧是熊熊裝備嗎？光是孩子們撲上來也不會被推倒。大家都用溫馨的眼神看著我。

其中，妮芙小姐的表情特別令我在意。她看起來好像很悲傷，也像在強顏歡笑。

「對了，今天來這裡有什麼事嗎？還有後面這幾位小姐是？」

院長望向站在我背後的安絲等人。

我簡單介紹大家，說明她們是從密利拉鎮過來，要在克里莫尼亞經營餐廳的事情。

「就是她們嗎？」

我有事先跟院長說過這件事。我也說過，希望孩子們可以像莫琳小姐的麵包店一樣，到餐廳裡工作。當然了，我不會強制，只是想提供一個就業機會。

而且安絲也不一定會一直待在店裡。她有可能會結婚，或是回到密利拉鎮。我希望在那之前，她可以教孩子們工作。

「我是安絲。請大家多多指教。」

「我是賽諾。」

「我是弗爾妮。」

「我是貝朵。」

「我是妮芙。」

大家分別自我介紹。

「我是在這所孤兒院照顧孩子的寶。我已經聽說過各位的事了，妳們要在優奈小姐的店裡工作吧。我想應該會很忙，請加油。」

院長向大家打招呼。

「對了，我想要請她們也來幫忙孤兒院。」

「來孤兒院幫忙嗎？」

院長發出有點驚訝的聲音。

我有提過開店的事，但是沒提到關於孤兒院的事。因為我想要先取得妮芙小姐等人的同意再來談。

「因為我的關係，院長和莉滋小姐都很辛苦吧。我還有拜託莉滋小姐照顧咕咕鳥。」

「謝謝妳的體貼，可是沒關係的。孩子們都很乖巧，更重要的是優奈小姐和堤露米娜小姐都會幫忙，我並不覺得辛苦。在遇到優奈小姐之前，我們連飯都吃不飽。現在已經不必擔心那種事，還可以像現在這樣多陪陪孩子呢。」

院長撫摸坐在自己腿上的孩子的頭。

就算她這麼說，我還是知道她們很辛苦。只是第一次見面時的辛苦和現在的辛苦性質不同，辛苦這一點沒有改變。

我和提露米娜小姐所做的只是給孩子們工作，並不包括照顧他們。

「要是院長累到倒下就糟糕了。」

「院長會倒下嗎？」

「院長。」

我說院長會昏倒的瞬間，在我周圍的孩子們就跑到坐著的院長身邊。接著，孩子們一臉擔心地抓著院長的衣服，或是抱住她的手臂。

「別擔心，我不會倒下的。」

院長就算被孩子們抱住也沒有搖晃，穩穩地接住了孩子們。她搞不好比脫掉熊熊服裝的我還要強壯。

院長傷腦筋似的摸著孩子們的頭，安撫他們。這模樣看起來很溫馨。

「為了孩子們，院長請不要累倒喔。我也會幫忙的。」

「優奈小姐……謝謝妳。」

獲得院長的同意，我接著帶安絲等人到照顧鳥兒的孩子們那裡。

我們來到孤兒院旁邊關著咕咕鳥的圍牆旁。

「在這裡面嗎？」

「這是為了防止鳥兒逃跑。」

我們走進圍牆，就看見孩子們正在把鳥兒抓到雞舍裡。最近咕咕鳥的數量增加了，所以將雞舍的空間切割，大家正在打掃。

「把鳥兒放到小屋裡就可以吃午餐了喔。」

「好～」

莉滋小姐和孩子們一起把鳥兒放進雞舍。一個孩子注意到我們，莉滋小姐也發現我們了。

「優奈小姐？堤露米娜小姐也在？」

莉滋小姐抓著咕咕鳥看向我們。

「堤露米娜小姐，妳今天不是有事嗎？」

「我現在就是來辦那件事的。」

「這樣啊。」

「對了，蛋的交易沒問題嗎？」

堤露米娜小姐詢問關於工作的事。今天蛋的交易是由莉滋小姐處理。

「是，沒有問題。我已經確實清點過數量，交給公會了。」

「謝謝妳喔。」

「不會，菲娜也有幫我的忙。」

「那麼，我女兒她們呢？」

「她們在小屋裡工作。」

我們正在跟莉滋小姐交談的時候，孩子們都靠過來。

「我知道你們很高興優奈小姐來了，可是再不快點就要晚開飯了。」

莉滋小姐叫孩子們回到工作崗位上。我一說「加油喔」，孩子們就點點頭，回去工作了。

「優奈小姐一來，大家都會很有幹勁。」

莉滋小姐笑道。

「大家都很認真工作呢。」

「而且，大家好像都很喜歡優奈小姐呢。剛才和院長在一起的孩子們也是，一看到優奈小姐進到房間就跑過來了。」

賽諾小姐和安絲看著孩子們說出感想。

「那是因為我打扮成熊的樣子啦。」

「才沒有那回事呢。優奈每次過來，孩子們都會很高興，也會比平常更努力工作。」

堤露米娜小姐微笑著這麼說，莉滋小姐也點點頭。

「平常也有些孩子很調皮，但優奈小姐一來就會變得很認真喔。」

連莉滋小姐都這麼說，我就無法否定了。我平常只看得到努力工作的孩子們。

「對了，優奈小姐，請問這幾位小姐是？」

我向莉滋小姐介紹安絲等人，和院長那時候做了同樣的說明。

「要幫忙孤兒院的工作是嗎？」

「嗯，因為莉滋小姐和院長的負擔太大了。」

「不，想到遇到優奈小姐之前的事，現在一點也不辛苦。當時光是為了生存就很不容易。沒有東西可以吃，不管怎麼努力都拿不到食物。可是現在不同了。雖然很辛苦，但只要努力就可以得到食物。我們現在可以餵飽孩子們。可以每天都吃到美味的飯菜，也是多虧優奈小姐。所以就算辛苦，我們也能繼續努力。」

莉滋小姐說了和院長一樣的話。我真的很不希望看到她們兩人累倒，她們卻沒有自覺。

之後，莉滋小姐說明了孩子們的工作內容。

「那麼，這裡也是優奈蓋起來的嗎？」

「看到餓著肚子的孩子們，優奈小姐給了孩子們工作，讓他們可以填飽肚子。多虧有她，孩子們現在才可以吃得飽飽的。」

「這是各取所需啦。我也是多虧有大家，才能拿到蛋嘛。」

「呵呵，是啊。」

莉滋小姐露出了然於心的表情。

「可是，原來要照顧這麼多的鳥兒啊。」

「所以也能用蛋或鳥肉當食材。妳要用它們做出好吃的料理喔。」

「我、我會努力的。」

就請安絲努力做出許多美味的料理吧。

139 熊熊帶安絲等人去孤兒院 其一

140 熊熊帶安絲等人去孤兒院 其二

我們一進到雞舍隔壁用來保管蛋的小屋裡，就看到菲娜坐在椅子上做事。在她的旁邊，修莉正在收拾裝蛋的盒子。

「妳們兩個都有好好工作呢。」

「媽媽？」

菲娜轉過頭來。

「還有安絲姊姊？」

「菲娜、修莉，好久不見。」

菲娜和修莉跑向安絲。

「是，好久不見了。」

「我以後要到優奈的店裡工作了，多多指教嘍。」

「好的，請多多指教。」

「嗯，多多指教。」

姊妹倆很高興能和安絲再會。後來，我介紹要和安絲一起工作的妮芙小姐等人給她們認識。

123…

「對了菲娜，妳剛才在做什麼？」

「我剛才在算今天剩下的蛋。優奈姊姊，妳要拿去嗎？」

要批發給商業公會和店裡的蛋數是固定的。當然了，如果莫琳小姐的店需要追加的話，就會優先讓給店裡。

「店裡還夠用嗎？」

「是，預定的份已經拿去了，店裡好像還有庫存，所以沒問題。」

另外，多出來的蛋會由我接收。只要放到熊熊箱裡，蛋就能夠保持新鮮。我心懷感激地收下多出來的蛋。

接下來莉滋小姐似乎要準備午餐。

「優奈小姐妳們也要留下來吃飯嗎？」

被莉滋小姐這麼問，我猶豫地看著大家。

「既然這樣，請讓我幫忙吧。」

安絲自願幫忙做午餐，莉滋小姐用不知該如何是好的眼神看著我。她似乎是在煩惱該不該讓客人幫忙。不過，這或許是讓莉滋小姐了解安絲的好機會。

「那麼畢竟人數很多，可以請妳幫莉滋小姐的忙嗎？」

「好！」

聽到我說的話，安絲很高興地看著莉滋小姐。

「那麼安絲小姐，拜託妳幫忙了。」

莉滋小姐帶著安絲走向孤兒院。

為了讓孩子們的工作早點結束，我們也開始幫忙。然後，我們跟結束工作的孩子們一起回到孤兒院。

「我去看安絲的情況喔。如果很忙，我也去幫忙。」

賽諾小姐走向廚房，弗爾妮小姐和貝朵小姐也跟了上去。妮芙小姐本來也想跟過去，但有個小男孩牽著妮芙小姐的手。

「妮芙小姐跟孩子們玩吧。」

「我們會去幫忙做菜的。」

「可是……」

「如果妳放開孩子的手，他們就太可憐了。」

兩人留下妮芙小姐，跟著賽諾小姐離開。順帶一提，也有小孩子牽著我的手喔。留下來的我們決定在午餐做好之前和孩子們一起玩。

孩子們有時候拉我的衣服，有時候撲過來抱住我。可以每天陪伴這麼精力充沛的孩子們，院長和莉滋小姐真厲害。我根本做不來。這個時候，被孩子們包圍的妮芙小姐露出開心的神情。

她的表情一開始很生硬，但漸漸轉變成真心的笑容。

安絲等人幫忙準備的午餐每一道都很美味，也很受孩子們好評。之後，為了促進妮芙小姐等人和孩子們的交流，我們決定今天和孩子們一起玩，或是一起工作。

要培養感情，相處在一起是最快的。雖然這是我最不擅長的領域，但多虧熊熊服裝，孩子們都很親近我。

賽諾小姐與弗爾妮小姐和孩子們一起去照顧鳥兒，貝朵小姐和妮芙小姐則跟幼年組的孩子一起玩。堤露米娜小姐有事情要去店裡和商業公會，離開了孤兒院。菲娜和修莉也跟著堤露米娜小姐一起去。

安絲也為了調查店裡需要用到的道具，回到了店面。

後來到了傍晚，一直待在孤兒院的我們也準備離開。孩子們目送我們到外面。雖然時間不長，但他們似乎都接納了賽諾小姐等人。妮芙小姐特別受到幼年組孩子的歡迎。

果然是因為曾經有小孩，所以很習慣照顧孩子嗎？

「還要再來喔。」

「嗯，我們會來的。」

妮芙小姐摸摸孩子們的頭，和他們約定好。大家都揮揮手，向彼此道別。

「院長和莉滋小姐都是很親切的人呢。」

「孩子們也都很乖又可愛。」

「雖然也有任性的孩子，但是會乖乖聽院長的話呢。」

「可是孩子那麼多，只有兩個人照顧的確很累。」

所有人都說出剛才待在孤兒院的感想。這樣一來，要在店裡和孤兒院之間兼職應該沒問題。

我這麼想時，妮芙小姐轉頭看著我。

「妮芙小姐？」

妮芙小姐停下腳步，用認真的眼神看著我。

「優奈，我有件事想跟妳談。我可不可以不要兼做店裡的工作，專門到孤兒院幫忙？」

聽到妮芙小姐的發言，所有人也停下腳步，一起看著妮芙小姐。妮芙小姐注意到賽諾小姐等人的視線。

「我不是不想跟大家一起在店裡工作……只是……想跟孩子們……」

妮芙小姐拚命解釋。我知道她想說什麼。她應該是真心想要照顧孩子們吧。大家似乎也感受到她的心意，露出微笑。

「我覺得沒關係。畢竟妮芙小姐很受小孩子歡迎嘛。」

「沒問題喔。」

「嗯，可以喔。」

也得到賽諾小姐等人的贊同。

「真的可以嗎？」

妮芙小姐回望著大家。

「妮芙小姐，妳終於笑了。以前妳看起來像是在勉強自己笑。可是和孩子們在一起的時候，我覺得妳的笑容是真心的。」

和她一起跟幼年組玩的貝朵小姐這麼說。觀察得真仔細。

「是啊，之前的笑容都像是勉強擠出來的。」

賽諾小姐她們也同意貝朵小姐的話。

「我有嗎？」

「只有本人沒有自覺啦。」

「我本來以為來到這裡，忘記討厭的事情之後，妳應該也會露出笑容。如果對妮芙小姐來說，重拾笑容的方法是和孤兒院的孩子們在一起，我很樂意把機會讓給妮芙小姐。」

聽到弗爾妮小姐和貝朵小姐所說的話，賽諾小姐點點頭。

「大家……」

「所以，妮芙小姐請去孩子們的身邊吧。」

妮芙小姐看著大家。

「我會跟安絲說一聲的。」

「優奈、大家，謝謝妳們。」

妮芙小姐用沒有虛假的真心笑容道謝。後來妮芙小姐決定不回到店裡，而是返回孤兒院。

「可是店裡很忙的話，我會去幫忙，妳們要努力把它變成一家生意興隆的店喔。」

「我們會跟安絲一起把它變成忙到想找熊來幫忙的店喔。」

「真可靠呢。」

妮芙小姐勾起微笑，往有孩子們在的孤兒院跑去。

我們回去跟安絲報告妮芙小姐的事情後，她很高興地答應了。安絲似乎也一直很擔心妮芙小姐。

隔天，我帶安絲等人來到「熊熊的休憩小店」。

上午沒有客人，所以能好好介紹。不過店裡應該還在準備，我會小心不要妨礙到員工。

「這裡就是優奈的店啊。」

「這裡是賣麵包吧？」

店門口有抱著麵包的熊熊擺飾。安絲等人看著熊熊擺飾。

「我們的店果然要拿魚才行。」

賽諾小姐看著拿麵包的熊熊石像說道。

我對她的話充耳不聞，從後門進入店內。一進到裡面就看到穿著熊熊外套做麵包的孩子們，和正在烘烤麵包的莫琳小姐與卡琳小姐。

「優奈姊姊！」

我一走進廚房，一個孩子就注意到我。

「早安。」

「還有上次見到的大姊姊？」

看來孩子們好像記得前幾天在街上遇到她們的事，記憶力比我還要好。

「優奈，今天是跟平常一樣來吃早餐的嗎？」

莫琳小姐向我打招呼。我經常在開店前過來吃早餐。

「是的。可以請妳再多做四人份嗎？」

我也點了安絲等人的份。為了讓安絲她們吃「熊熊的休憩小店」的麵包，我有叫她們先不要吃早餐。

「盡量吃沒關係喔。」

「謝謝莫琳小姐。」

「對了，這四位是妳的客人嗎？」

「我想妳應該知道，她們是從密利拉過來到我的另一家店工作的。」

「喔～那家店啊。妳們從好遠的地方來喔。」

比莫琳小姐以前住的王都還近啦。

「所以我帶她們來店裡參觀順便介紹。」

我把安絲等人介紹給莫琳小姐和卡琳小姐、孩子們。大家互相打過招呼之後，我帶她們參觀店內。

「店裡也到處都是熊呢。」

店裡從桌子到牆壁，每個地方都裝飾著熊熊擺飾。

「可是好可愛。」

弗爾妮小姐輕戳放在桌上，咬著魚的熊熊。

「希望我們的店裡也有。」

不會是要我做吧？

後來，逛完店裡的我們接受莫琳小姐的招待，享用剛出爐的麵包。

「話說回來，這個麵包真好吃。」

「嗯，每種麵包都很好吃。」

「原來前幾天吃到的麵包就是這裡的麵包啊。我們每個人都說很好吃呢。」

安絲她們似乎也對莫琳小姐的麵包有很高的評價，太好了。

141 熊熊對米蕾奴小姐的亂入感到疲憊

安絲等人來到這裡已經過了幾天。妮芙小姐現在住在孤兒院，每天照顧孩子們。

至於店面則按照安絲等人的眾多期望，正在順利地進行開店的準備。我們買齊了廚房裡需要的道具，也決定好要盛裝料理給客人的餐具。每次訂貨的時候，算過價錢的安絲都會臉色蒼白。要訂購桌椅等東西時，她還說「還是買更便宜的吧」。

反正我也不缺錢，於是買下了安絲覺得店裡真的需要的東西。而且安絲她們會把錢賺回來，所以沒關係。

今天是訂購的桌椅等東西送來的日子，所以我要到店裡露個臉。

「那張大桌子請搬到這裡。小桌子請搬到那裡。」

我到店裡時，安絲正在指示桌椅擺放的位置。桌子和椅子都放好之後，愈來愈有店面的樣子了。

「這樣一來，桌椅的擺設都沒問題了呢。」

「這些桌子好新。」

安絲很高興地觸碰桌子。

「接下來只要等到海產和白米從密利拉送過來，就可以隨時開張了。」

其他準備也進行得很順利，只要採購好海產就可以馬上開門營業。

「妳們在說什麼？還有事情還沒決定吧。」

我望向聲音傳來的方向，發現米蕾奴小姐站在店門口。

「安絲，好久不見了。」

米蕾奴小姐向安絲打招呼，朝我們走過來。

「優奈和安絲，妳們是不是忘了什麼重要的事？」

比起這個，為什麼米蕾奴小姐會在這裡？更重要的是，她聽到我們的對話了嗎？我不知道該從何吐槽起。安絲等人對米蕾奴小姐的出現也感到很驚訝。

「為什麼米蕾奴小姐會在這裡呢？」

不管怎麼樣，我試著問起自己最想知道的事。

「我聽堤露米娜小姐說安絲已經來到克里莫尼亞了，所以才來找她。其實我本來想要早點來，但是因為在忙隧道的事情，一直沒有空過來。」

也對，隧道開通之後，來往的人也會變多。那樣一來商業公會會更忙碌。

「對了，妳說我們忘了重要的事情，是指什麼？」

「我是指店名和制服。」

的確如米蕾奴小姐所說，我們只考慮到店裡的裝潢，還沒想店名。不過，她為什麼會知道我

們還沒有決定店名？

「我們的確還沒想到店名，可是制服是什麼意思？」

我只有不好的預感。

「既然是優奈的店，當然需要制熊服了。」

是我聽錯了嗎？我剛才好像聽到她說熊。大概是幻聽吧，是我太多心了。

「不過，我們的確忘了店名的事。一家店一定要有名字呢。」

安絲贊同米蕾奴小姐所說的話。安絲沒有注意到事情正在往糟糕的方向發展，她只知道米蕾奴小姐是辦事俐落的公會會長。

不過，米蕾奴小姐也沒有說錯，一家店的確需要店名和招牌。就算開了店，沒有招牌的話也看不出是什麼店。

「這是安絲的店，就讓安絲來取名字吧。」

「我嗎？」

「熊熊的休憩小店」也不是我決定的名字。而且，我對名字沒有什麼堅持。只要不是奇怪的名字，怎麼取都行。

「嗯，安絲來決定吧。」

「突然要我取名字，我也……」

安絲看著周圍的人求助。

「迪加先生的旅館叫什麼名字？既然妳繼承了迪加先生的味道，把這家店取名為二號店或是克里莫尼亞分店就可以了吧？」

「呃～我家的旅館沒有名字。」

「沒有嗎？」

我望向賽諾小姐她們。她們點頭回應我。

「我不知道喔。」

「因為我們都說安絲家的旅館，或是迪加先生的旅館。」

弗爾妮小姐這麼說，大家都點了點頭。這麼說來，我記得阿朵拉小姐也稱之為肌肉男旅館。如果旅館有正式的名字，迪加先生就太可憐了。

「既然這樣，店名要怎麼辦？」

「就用熊熊來命名吧。優奈的麵包店也叫做『熊熊的休憩小店』吧？那我覺得這家店的名字裡也可以加上熊熊，而且店門前已經有熊熊石像了。」

米蕾奴小姐說出多餘的話。

沒錯，店門前矗立著抱著一條大魚的Q版熊熊石像。我被賽諾小姐逼著做了熊熊石像。安絲她們沒有提出反對意見，而且還說這樣容易看出是賣魚料理的餐廳，我連拒絕都沒辦法。可是我做了之後才想到，根本不需要熊吧？感覺只要有魚就可以了。

「『熊熊的休憩小店』真是個好名字呢。店外和店內都有熊熊擺飾，氣氛也很悠閒。」

「這家店可不是讓人來吃點心或休息的店喔。」

「既然這樣，叫做『熊熊食堂』怎麼樣？因為這家店算是食堂吧。」

弗爾妮小姐提出一個四平八穩的名字。

「可是那樣有點缺乏創意吧？」

「『熊熊海鮮食堂』？」

「我們也會供應海鮮以外的料理喔。」

「那『熊熊與魚的店』怎麼樣？」

賽諾小姐真沒有取名字的品味。

「『熊熊吃飽飽料理店』。」

「或許還不錯。感覺像連熊都可以吃很飽的料理店。」

大家不斷提出店名的點子，每個名字果然都有熊。然後經過一番討論，我們決定使用一開始提出的「熊熊食堂」。

「那麼我去訂做招牌，可以嗎？」

「是可以，但請跟提露米娜小姐說一聲喔。」

基本上擁有決定權的是提露米娜小姐。雖然大家會來徵求我的許可，但我什麼都說可以，所以需要提露米娜小姐嚴格把關。

「我知道。那既然店名決定好了，就剩下店裡要穿的制服了呢。」

米蕾奴小姐的眼神變了。她該不會是想讓安絲等人也像「熊熊的休憩小店」的孩子們一樣，打扮成熊的樣子吧？

我稍微想像了一下，覺得不可行。

「制服嗎？我覺得穿普通的圍裙就可以了。」

我在心裡對安絲這個意見投出一票。

「那就不好……不適合『熊熊食堂』的形象了吧？」

剛才這個人絕對說了不好玩。熊熊的耳朵沒有聽漏喔。可是，米蕾奴小姐繼續說下去：

「我覺得果然要穿熊熊的衣服。」

「「「「…………」」」」

她們四人似乎終於理解米蕾奴小姐想說什麼了。而我早就知道米蕾奴小姐想說什麼了。

民眾都以為「熊熊的休憩小店」的熊熊制服是我的點子。要是不知道我們討論的過程，別人會以為我的店一定是採用我的點子也很正常。

「意思是要我們和那些孩子一樣穿上熊熊的衣服嗎？」

「我不行！」

弗爾妮小姐馬上回答。

「那的確有點……畢竟年齡……」

貝朵小姐也露出苦笑。

「我有點想穿耶。」

聽到賽諾小姐這麼說，大家都很驚訝。為什麼連米蕾奴小姐都那麼驚訝啊？除了賽諾小姐以外的人都表示反對。感覺像是我的打扮被否定了，讓我很傷心。

「我覺得穿普通的衣服搭上圍裙就好……」

「不行！那樣就不是優奈的店了。」

安絲對激動的米蕾奴小姐感到不知所措。

因為安絲知道她是商業公會的會長，所以沒辦法違抗她。

眼前的女性是重建了密利拉鎮商業公會的人。所有人都知道她為密利拉做了很多事，也安排了糧食供給。隧道和周圍的開拓也是以克里莫尼亞的商業公會為中心進行。面對這樣的恩人，她們有辦法拒絕嗎？

如果站在相同的立場，我沒辦法拒絕。過去發生的事情已經證明，想阻止米蕾奴小姐是很困難的。所以「熊熊的休憩小店」的制服才會變成熊熊制服。

安絲看著我，尋求我的幫助。

「那個，米蕾奴小姐，大家都很排斥耶。」

「咦~我好不容易幫安絲準備好了。」

米蕾奴小姐從道具袋裡拿出熊熊外套並攤開。看起來的確很大件，是成人尺寸的熊熊外套。

可是，這是她特地製作的嗎？

「安絲，妳要不要穿穿看？」

「不，那個……對不起。」

安絲瞄了一下米蕾奴小姐拿著的衣服，馬上回絕。

為什麼呢？我現在覺得心好痛。不管安絲穿不穿，這都會造成我的精神傷害吧？

遭到拒絕的米蕾奴小姐露出遺憾的表情。可是，米蕾奴小姐不會這麼輕易放棄。我們和米蕾奴小姐的攻防持續下去。

最後我們決定使用有熊熊刺繡的圍裙。這是雙方妥協之下的結果。

安絲等人露出非常疲憊的表情。我在心中雙手合十，請她們節哀順變。可是，我的生命值也差一點歸零。因為每次大家否定熊熊，我的生命值都會減少。

142 熊熊訂製刺繡

安絲等人的工作制服決定是有熊熊刺繡的圍裙了。

說到刺繡，我就想到一個人。那就是在坐墊上繡了熊熊圖案的孤兒院女孩。繡著熊熊圖案的大坐墊在我護衛學生的時候有派上用場。多虧有那個坐墊，我才能輕鬆舒適地乘坐馬車移動。

「米蕾奴小姐，妳要找誰做刺繡的工作呢？」

「我打算找幫『熊熊的休憩小店』做熊熊服裝的裁縫店。怎麼了嗎？」

「我這裡有個孤兒院的女孩子幫我做的東西。」

我從熊熊箱裡取出繡著熊熊的坐墊。坐墊上繡著Q版的熊熊。

「這、這是什麼！」

米蕾奴小姐伸手搶走我的坐墊。

「這是孤兒院裡一個叫做雪莉的女孩子送給我的。」

「好可愛，而且做得很精美呢。」

米蕾奴小姐摸著坐墊的刺繡說出感想。以我的眼光來看也是設計得嬌小又可愛的熊熊，我想雪莉應該是以我店裡的擺飾當參考做成的。

「如果要訂製刺繡的話，可以找這個孩子來做吧？」

雪莉的手很巧，總是在屋裡的角落做裁縫。孤兒院裡的坐墊和窗簾上的刺繡都是雪莉的作品。

不只是坐墊，我也有收到她送的熊熊刺繡毛巾。

「穿著有這種熊熊刺繡的圍裙……工作……」

弗爾妮小姐盯著坐墊。

「好可愛。」

「可是不會害臊嗎？」

「嗯，有一點。」

只有賽諾小姐表示贊成。另外四個人可能是因為害羞，態度不是很積極。看到她們四人這樣，米蕾奴小姐露出邪惡的表情。

「既然這樣，要不要跟孩子們穿一樣的衣服？」

米蕾奴小姐這句話讓她們四人的表情變了。

「不、不了，我想穿刺繡圍裙。」

「我也是。」

「對啊。這樣很可愛，很好啊。」

「嗯，我也贊成穿圍裙。」

所有人的意見一致了。

「那麼，圍裙的刺繡就請雪莉來做吧。」

沒有人反對米蕾奴小姐的話。這是因為如果反對，和孩子們一樣的熊熊服裝就等著她們。我和米蕾奴小姐馬上前往孤兒院找雪莉。

雪莉的工作是照顧鳥兒，於是我們前往雞舍。可能是工作告一段落了，大家都在玩。我向附近的孩子詢問雪莉去了哪裡，她似乎回去孤兒院了。

孤兒院裡，妮芙小姐正在和院長、莉滋小姐說話。

我向注意到我們的三個人詢問雪莉的去向。

「雪莉的話，應該在房間裡喔。」

我們問到雪莉的房間位置後，走向二樓。

「雪莉在嗎？」

我敲敲門，走進房間。

「優奈姊姊？」

一進到房裡，有個坐在床上刺繡的女孩，年齡是12歲左右。這孩子就是雪莉。是她送了我有熊熊刺繡的坐墊。

「妳現在有空嗎？」

「嗯，有空。」

我和米蕾奴小姐突然造訪，雪莉露出不安的神情。

一定是因為米蕾奴小姐的臉很恐怖，應該不是我的錯。

「妳在刺繡嗎？」

「嗯，我喜歡刺繡。」

看向雪莉的手邊，有做到一半的刺繡。

「可以讓我看看嗎？」

我和米蕾奴小姐看著雪莉手上的東西。布料上繡著「熊熊的休憩小店」的Q版熊熊。

「熊？」

「我想要拿去裝飾在店裡。」

「做得這麼好，或許可以拿來賣呢。」

米蕾奴小姐看著雪莉的刺繡，這麼說道。米蕾奴小姐的眼神已經變成生意人的眼神了。

「真厲害。」

「謝謝誇獎。」

雪莉臉紅了，看起來很開心。

「關於這個，我們有事想拜託妳，可以嗎？」

米蕾奴小姐握著雪莉的小手，說明關於餐廳圍裙的事情。

「由我來做嗎……」

雪莉的表情很驚訝。

「嗯，可以拜託妳嗎？」

「可是……」

雪莉低下頭。我靠近雪莉，詢問她的意願。如果她不願意，我不會勉強。

「妳不想做刺繡嗎？」

「……我不是不想做。只是……」

「只是什麼？」

她並非不想做，那為什麼不願意呢？我心裡浮現疑問。

「如果我的刺繡做得不好，讓餐廳生意變差，我怕孤兒院會不見。」

雪莉用認真的表情這麼說。原來這孩子在想著那種事啊。雖然知道不應該，我還是忍不住高興得笑了出來。我很高興她為孤兒院和餐廳的事情著想。

「雪莉，妳不用擔心。」

我用熊熊玩偶手套溫柔地摸摸雪莉的頭。

「優奈姊姊？」

「那家餐廳不會那麼容易就倒閉喔。那可是我開的店呢。妳知道我的麵包店有很多客人來光顧吧？」

「嗯。」

「蛋是不是也賣得很好？」

「嗯。」

「那家餐廳是我開的店喔。而我想要請雪莉幫忙刺繡，這樣妳覺得會失敗嗎？」

「可是我……」

我從熊熊箱裡拿出雪莉送給我的坐墊。

「那是……」

「我拿到這個坐墊的時候很高興。我覺得妳做得很漂亮喔。妳可以幫我繡這麼可愛的熊熊在圍裙上嗎？」

「優奈姊姊……」

雪莉稍微抬起臉來。

就差一步了。

「如果失敗的話，都要怪米蕾奴小姐。因為這是米蕾奴小姐的點子嘛。可是如果成功了，那就是雪莉的功勞了。」

「嗳，優奈。」

一旁的米蕾奴小姐好像想說什麼，但我不管她，繼續說下去：

「而且，怎麼可能會失敗。妳的刺繡這麼可愛。」

我撫摸坐墊上的熊熊刺繡。

「我真的可以嗎？我是外行人喔。」

「可以啦。」

我溫柔地這麼說。雪莉咬著下唇猶豫，自己思考後得出答案：

「……嗯，我知道了。我要做。我要為了優奈姊姊加油。」

她終於抬起頭來對我說。

「謝謝妳。」

我再次摸摸她的頭。雪莉的臉上浮現燦爛的笑容。可是，有個人破壞了這麼美好的氣氛。

「那麼，我要把雪莉帶走嘍。」

米蕾奴小姐說出這句話，把到目前為止的溫馨對話都破壞掉了。

「啊哇哇，優奈姊姊！」

雪莉被米蕾奴小姐抓住手腕，慌忙地叫道。

「米蕾奴小姐，妳要帶她去哪裡！」

「裁縫店。我要去談圍裙的事情，她需要一起去吧。所以雪莉就交給我了喔。」

她再次拉起雪莉的手。

「啊哇哇，請等一下。請不要拉我！」

雪莉絲毫無力抵抗，就被米蕾奴小姐帶出房間。直到她們走出孤兒院之前，我還能暫時聽見雪莉的聲音。被留下來的我跟莉滋小姐說雪莉被米蕾奴小姐帶走了，以及為了做刺繡，我拜託莉滋小姐暫時讓雪莉不用做照顧鳥兒的工作。

143 熊熊開門營業

雪莉被米蕾奴小姐帶走後過了幾天。

在那之後，雪莉完成了有熊熊刺繡的圍裙。真虧她能在這麼短的時間內做好。圍裙不只有在店裡工作的四個人，也準備了會來支援的妮芙小姐的份。經營裁縫店的夫妻似乎也對雪莉的做事速度感到驚訝。

而且雪莉似乎不只做刺繡，也有幫忙製作圍裙。

雪莉好像本來就很擅長裁縫，聽說連孤兒院的孩子們破掉的衣服，都是雪莉代替院長縫補的。以前孤兒院連衣服都買不起，縫補衣服是理所當然的事。不過我現在會買新衣服給他們穿。

在圍裙完成之後，雪莉現在也會到裁縫店報到。

聽說裁縫店的夫妻邀請她繼續在店裡工作。雪莉一開始很猶豫，在院長對她說：「做不會讓自己後悔的選擇吧。」後，她決定要到裁縫店工作。

她現在似乎還是對自己沒有自信，會小聲地說「像我這種……」之類的話。可是，從母親那裡學到的技術受到認可，她看起來很高興。雖然不知道能做到什麼程度，但不只是刺繡，她今後好像要學習製作服裝等各種事情。雪莉帶著靦腆的表情告訴我這些事。

我說「雪莉的實力和努力受到認可了呢」，她就高興地露出微笑。

開店的準備也持續進行著，安絲等人也正在不斷努力。

當然了，我也很努力喔。我在店外做熊熊，也在店內做熊熊。在店外做熊熊，也在店內做熊熊。很重要所以要說兩遍。

除了要讓客人知道這是供應魚料理的店，在入口前做了抱著一條大魚的熊熊石像之外，這次我也在店裡做了熊熊擺飾。既然要做，一隻或兩隻都一樣，所以我已經放棄逃避了。我做的是拿著碗筷一屁股坐在地上的熊熊石像。

店裡真的快要到處都是熊了。

然後，「熊熊食堂」的開幕日期就是明天了。

當作主要食材的海產和白米都已經從密利拉鎮運送過來了。我在艾雷岑特山脈的山頂附近從冰雪人身上取得的冰之魔石派上了用場。那座山很高，是普通的冒險者很難登上的山脈。

因為有那座山脈，過去密利拉鎮和克里莫尼亞城很難有交流。可是現在因為隧道完工了，兩座城市的交流也開始增加。克里夫說人們因為工作來往彼此的城市，對雙方都有正面的影響。

這也是商業公會和冒險者公會合力促成的事。一想到在上頭下指示的人是那個克里夫，就讓我覺得有點神奇。

雖然隧道是克里夫在管理，但商業公會也有參與其中。

商業公會負責販賣漁獲和鹽巴。可是鹽巴的製造和販售是以國王之名，在克里夫的指示下進行。

我不知道用海水製鹽的詳細做法，可是有在小說或漫畫裡看過，有些方法是很粗重的體力活。

所以聽說關於鹽的事情時，我有說過不可以給密利拉鎮的居民添麻煩。我還故意說溜嘴，表示「要不然隧道可能會自然崩塌而封閉」。這也可以說是威脅。

不過，我不覺得克里夫會做那種事，所以不怎麼擔心。

為了迎接餐廳的開幕日，我們也有在宣傳。我請米蕾奴小姐在商業公會或是相關人士的牆壁上張貼傳單。堤露米娜小姐則在批發食材給我們的肉鋪和蔬菜店貼了傳單。

而我在「熊熊的休憩小店」舉辦了試吃會。

安絲處理魚肉，烹調魚料理，還做了飯糰、竹筍飯、炊飯，讓客人免費試吃。

最後做了放入海鮮的火鍋料理，分給客人品嚐。

有句話叫做有捨才有得。就算再好吃，一般人也不會輕易付錢吃沒有見過的料理。可是免費試吃之後，如果客人覺得好吃，下次就會願意花錢品嚐。如果吃過的客人再跟別的客人宣傳就太成功了。我覺得只要吃過一次，任何人都會認可安絲的料理。

開幕當天，多虧有試吃會和宣傳，有許多客人來捧場。

和「熊熊的休憩小店」當時一樣，我請露麗娜小姐和基爾在店門口擔任警衛。我們簽了契約，報酬是一週份的料理。有這兩名冒險者在入口站崗，所以沒有人鬧事，也沒有大混亂。

開門營業之後，我也到內場幫忙。雖然我也學了一些處理魚的方法，但沒辦法像安絲她們一樣熟練。於是我幫忙準備蔬菜和肉料理的食材。

料理之中，炊飯類出乎意料地受歡迎。接著可能是醬油很合客人的口味，有很多人點以醬油調味的料理。因為受到醬油的吸引，點海鮮類的客人也很多。

結束一天的工作後，店裡是屍橫遍野。

在孤兒院工作的妮芙小姐也來支援，卻因為太過忙碌，累得趴倒在桌上。料理由安絲和貝朵小姐跟我幫忙製作，外場的工作是以弗爾妮小姐和賽諾小姐為中心。而來支援的妮芙小姐也幫忙了外場的工作。

「好累喔～」

「我要死了。」

「沒想到會這麼忙。」

「我想要求加薪。」

大家用哀怨的眼神看著我。請不要用那種眼神看我，我應該一開始就說了，安絲的料理很好吃，所以應該會很受歡迎。不過，試吃會的迴響似乎比想像中還要熱烈。

「要恨就去恨安絲吧。都是因為試吃會的時候安絲太賣力了。」

「因為我想要讓更多人吃到我的料理嘛。」

「那麼安絲，妳覺得可以繼續做下去嗎？」

「雖然一開始很不安，但是竟然有這麼多人開心地吃完我的料理，我很高興。」

「雖然多到很累人。」

「不過，一開始會有新鮮感，就算很遠，客人也會特地來吃。但現在可以買到魚和米，以後大概都可以在各種店吃到。那樣的話，店裡應該也會比較輕鬆。但到時候就要靠味道決勝負了，所以安絲的手藝是關鍵。」

「我會加油的。」

安絲用筋疲力竭的表情很有精神地回應。

看這個情況，餐廳應該沒問題。

144 熊熊想要肢解黑虎（Black Tiger）

安絲的店很順利地吸引客人來用餐。

只不過，人潮不如第一天那麼多。這是因為各種地方都開始販賣米和魚，也有很多人和安絲一樣從密利拉鎮來克里莫尼亞開店。會出現競爭對手也是無可奈何的事。

我個人很高興海鮮流通到克里莫尼亞。只要請安絲等人努力將餐廳繼續經營下去就行了。我不覺得繼承了迪加先生味道的安絲料理會輸給其他餐廳。

可是，人生有許多難以預料的陷阱。雖然我不覺得謙虛的安絲會得意忘形，但或許會不小心失足。這部分應該會有賽諾小姐等人協助她才對。而且就算有什麼萬一，還有我的知識（作弊）——雖然我很想這麼說，但我的知識也很有限。

我現在才覺得以前應該多學習一些關於料理的知識。

店裡也穩定下來了，所以我今天想把暫時擱置的黑虎拿出來肢解。

我不是忘了，只是護衛的工作結束之後，安絲就來到克里莫尼亞，因為忙著準備開店而沒有時間肢解黑虎。

今天為了肢解黑虎，菲娜會來熊熊屋。我總是覺得拜託10歲的小女孩肢解魔物好像不太好。我已經請她肢解了幾百隻魔物，現在這麼說感覺太晚了。而且菲娜就算不做肢解的工作，也能生活下去。

堤露米娜小姐已經恢復健康，有在工作了，也和根茲先生再婚，讓姊妹倆有個新爸爸。菲娜沒有必要工作了，可是她沒有拒絕我，我也無法主動說「妳不用再來了吧」。所以只要菲娜不拒絕或表示排斥，我不打算解除契約。

我悠閒地等著菲娜時，她依照約定來到熊熊屋。

「優奈姊姊，早安。」

「菲娜，早安。」

有精神的招呼很令人高興呢。

「那麼，優奈姊姊找我有什麼事呢？」

我要拜託菲娜肢解的時候周圍有其他人，所以我沒能說出黑虎的事情。因此，我只告訴菲娜有事要找她，請她過來熊熊屋。

「我有個想要請妳肢解的魔物。」

「是要肢解野狼嗎？」

「有點不一樣，但應該差不多吧。」

野狼和黑虎是很類似的生物，只是顏色和體型不同而已。

……大概吧。

我帶著菲娜到蓋在熊熊屋隔壁的熊造型倉庫。然後，我在倉庫裡拿出熊熊箱裡的黑虎。黑虎發出有點大的沉重聲響，出現在工作台上。牠和野狼不同，有一點重量。

「優、優奈姊姊！」

菲娜看到我拿出的黑虎，發出驚訝的聲音。

果然會嚇到呢。

菲娜交互看著黑虎和我。

「我打倒了黑虎，可以請妳肢解牠嗎？我當然會付薪水，拜託妳了。」

菲娜一直盯著黑虎看。

「妳不會嗎？」

「不是的。爸爸說過野狼和虎狼、黑虎都是同一類的魔物，肢解方法也一樣。所以我應該知道怎麼肢解。可是因為別的理由，我可能沒辦法。」

菲娜摸著黑虎回答。

因為黑虎是類似虎狼的高階魔物，我還以為沒問題。這樣的話，可能就得帶去冒險者公會處理了吧。

「我可以試試看嗎？」

「當然可以。」

我表示允許，菲娜就從道具袋裡拿出肢解用的小刀。然後，她把小刀插進黑虎的腹部，想要劃開皮膚卻無法移動小刀。

菲娜發出「唔～唔～」的呻吟聲。不管多用力就是切不開。菲娜放棄似的放開了小刀。

「優奈姊姊，我果然沒辦法。」

「沒辦法肢解的理由，該不會是因為牠太硬了吧？」

在戰鬥時，牠的皮膚的確很堅硬。

「是的。靠我的這把小刀沒辦法切開黑虎的堅硬毛皮。」

也就是說問題不在菲娜的肢解技術，而是需要更鋒利的小刀。

「只要有切得開的小刀就行了吧？」

「應該是的，我想方法大概和虎狼一樣。」

知道無法肢解的理由，事情就好辦了。如果現在只有不能肢解的小刀，那就準備可以肢解的小刀即可。

「既然這樣，我們去買可以肢解黑虎的小刀吧。」

「優奈姊姊，可以肢解黑虎的小刀很貴，我買不起。」

菲娜搖搖頭，表示自己無能為力。

「我買給妳，不用擔心。這是為了答謝妳總是幫我肢解。好了，我們走吧。」

我把黑虎收進熊熊箱，再用熊熊手套玩偶的嘴巴抓住菲娜的手。我們要去的地方是我第一次跟菲娜在這座城市買劍的打鐵舖。一走進店裡，個子有點矮的女性——妮爾特小姐就出來迎接我們。這家打鐵舖是由一對矮人夫妻經營。

「歡迎光臨。哎呀，是菲娜和熊姑娘啊。今天來這裡有什麼事嗎？」

「我今天是來買新的肢解用小刀給菲娜的。」

「給菲娜嗎？可是我記得菲娜的小刀前幾天才剛磨過，是壞掉了嗎？」

妮爾特小姐這麼問菲娜。

「不，那個，小刀沒有壞掉。」

「那為什麼需要買新的肢解用小刀呢？」

「我有個鐵製小刀沒辦法肢解的魔物，所以想要買鋒利一點的小刀。」

我把鐵製小刀無法肢解的事情告訴她。

「妳們到底要肢解什麼啊？不會是要肢解龍吧？」

我可以說出來嗎？會不會引發騷動啊？

「妳不說我怎麼會知道。小姑娘連黑蝰蛇都打倒了，現在隱瞞太晚了喔。」

「這件事還是要請妳保密喔。」

我先叮嚀她，再說明黑虎的事情。

「妳又打倒了不得了的魔物呢。不過，黑虎啊。那鐵製小刀的確沒辦法。至少要有鋼製小刀，或是祕銀小刀呢。」

喔～祕銀。說到奇幻作品裡的稀有礦石，就會想到祕銀。遊戲裡也有祕銀做成的劍呢，真令人懷念。話說回來，原來這世界也有祕銀啊。

既然有祕銀，就決定買祕銀小刀了。

「那麼，可以賣祕銀的小刀給我嗎？」

會不會也有劍呢？就算有點貴，如果有祕銀做成的劍，我也想要。

「優奈姊姊，祕銀小刀很貴，買鋼製小刀就可以了。」

菲娜抓著我的手搖晃。

「不行啦。考慮到以後的事，有把祕銀小刀比較好。」

「優、優奈姊姊，妳到底想要叫我肢解什麼……」

可能是龍，也有可能是甲殼類的魔物，我今後或許也會拜託菲娜肢解堅硬的魔物。

「抱歉。我也想賣給妳，可是現在祕銀缺貨呢。」

「沒有貨嗎？」

稀有素材果然不容易取得吧。雖然就算價錢很貴，我也想買下來。

「鋼製小刀也切得開喔。」

「不，我想要祕銀小刀。」

我斷然說道。

「可是，這個城市恐怕很難買到祕銀小刀呢。」

「是嗎？」

「畢竟是稀有礦石，而且現在所有的礦石都不夠用。所以我們也不知道祕銀礦石什麼時候會有貨。」

「不只是祕銀礦石，所有的礦石都缺貨嗎？」

「現在還有一些庫存，所以還沒有太大的問題。不過愈是稀有的礦石，庫存就愈快消耗完呢。」

這麼說來，安絲的店前幾天有再添購調理器具，但我記得提露米娜小姐說價格變高了。我不怎麼放在心上，所以沒有理會。東西會漲價，就是因為這件事嗎？

「可是，為什麼鐵礦之類的會缺貨？」

偶爾會聽說為了戰爭，國家會搜刮鐵之類的金屬。但是這個國家沒有跟別的國家打仗吧？或許只是我不知道就是了。

「聽說礦山發生了問題，沒辦法採礦。」

「什麼問題？」

「這我就不知道了。我想商業公會應該會有更詳細的情報。」

要怎麼辦呢？就算知道理由，也不一定就買得到祕銀小刀。去王都的打鐵舖也許買得到吧。反正還有熊熊傳送門，過去看看好了。

「謝謝妳。那我去王都看看。」

「去王都？對喔，熊姑娘還有熊的召喚獸。那妳等我一下。」

妮爾特小姐一瞬間感到驚訝，卻自己得出了答案。雖然不太對，但我不能說出熊熊傳送門的事情，所以就這樣點點頭。

妮爾特小姐走到後面的房間裡。接著，從後面房間傳來叫醒戈德先生的聲音。

後面的房間暫時吵鬧了一陣子後安靜下來。我正在猜想發生了什麼事時，妮爾特小姐好像什麼事情也沒有發生似的回來了。

「讓妳們久等了，把這個帶去吧。」

妮爾特小姐給我一封信。

「這是？」

「如果要去王都，妳可以去看看叫做加札爾的男人經營的打鐵舖。只要把這封信交給他，他應該會多少優待妳一點。」

「加札爾是嗎？」

「他是我們的同鄉。」

也就是說，他也是矮人吧。

「只不過，那裡的礦石可能也缺貨，妳可別抱太大的期待。」

「不，謝謝妳。」

我道謝並接過那封信。走到店外的我把手放到菲娜頭上。

「那麼，我們現在去王都吧。」

「現在嗎！」

「有熊熊傳送門，很快的。」

「是沒錯……」

「有什麼問題嗎？」

「一般人沒辦法這麼輕鬆地去王都喔。」

「哎呀，有什麼關係嘛。既然這樣，我們再去王都參觀一次吧。」

我牽著菲娜的手回到熊熊屋，用傳送門移動到王都。

145 熊熊去王都找祕銀小刀

於是，我們從克里莫尼亞來到王都尋找祕銀小刀。雖然這麼說，距離出發只過了幾分鐘，真的得感謝熊熊傳送門。

我和菲娜走出熊熊屋。

「到王都了。」

從熊熊屋走出來的菲娜露出有點開心的表情。我已經來過好幾次，但菲娜自從國王的誕生慶典之後就沒有來過了。

「感覺好奇怪。真不敢相信我剛才還待在克里莫尼亞。」

「妳這麼久沒來王都了，要不要去哪裡逛逛？」

因為不趕時間，我試著提議。可是，菲娜婉拒了我的提議。

「我光是在街上走走就很開心了，沒關係。」

的確，隨意閒逛或許也是一種觀光的方式。到觀光景點的話，就要欣賞當地的風景。

我們想要一邊欣賞王都的風景，一邊想前往妮爾特小姐說的那家打鐵舖，但我們其實不知道地點。我有向妮爾特小姐問過那家店的所在地，但她只說了一句不知道。她說應該有向商業公會

登記，所以去商業公會問問就知道了。於是我們前往商業公會。

王都的主要道路——馬車車潮川流不息的大道。要去商業公會，一定要通過這條寬大的道路，因為商業公會就在這條大道上。

由於是主要道路，路上的行人很多。既然人多，就表示看到我的人很多。之後，我一如往常地聽到了熟悉的聲音。

那邊那位媽媽，請告訴孩子不可以用手指著別人。

那邊那個人，請不要看著別人露出嚇一跳的表情。

那邊那個你，你媽媽沒有教你不可以笑別人嗎？

那邊那個人，到處都沒有在賣這種衣服，就算去服飾店也買不到，所以不要去服飾店。

隔壁的人也不要拜託人家幫自己買一件。

是的，我就是熊熊～

是的，我覺得很丟臉。可是，我已經放棄了。

很可愛嗎？謝謝誇獎。

想要抱緊我？請住手。

要去告訴別人？請不要這樣。

我在這裡看著，快點去？我又不是動物，你們想捕獲我嗎？

想摸摸我？嚴禁觸摸喔。

我在心裡回答聽到的話。我一邊做著這種蠢事一邊走著，就看到了商業公會的巨大建築物。不愧是王都的商業公會。建築物很高大，人數也相對地多。既然人多，就會有更多的視線聚集在我的身上。

可是都來到這裡了，又不能不進去。我正要帶著菲娜走進商業公會的瞬間——

「優奈小姐！」

後面有人叫住我。我回過頭去看是誰，發現了氣喘吁吁的希雅和馬力克斯、堤摩爾、卡特蕾亞等等我護衛過的成員。

「希雅，還有大家，你們怎麼會在這裡？」

大概是用跑的過來，希雅的頭髮很亂。

「我們才想問呢。為什麼優奈小姐會和菲娜一起在王都呢？」

說得也是。住在王都的四個人出現在這裡很正常，我出現在王都比較奇怪。

菲娜低下頭，有點緊張地跟希雅打招呼。雖然兩人之前成了朋友，但她們是貴族和平民，兩人之間還是有一點隔閡。

打過招呼之後，菲娜很困擾似的退到我背後。也對，除了希雅之外的人都是陌生人，這也難怪。

「大家都過得好嗎？」

「還算好。」

「優奈小姐，好久不見了呢。」

「優奈小姐，好久不見。」

大家都很有精神地回應我。可是，有件事讓我很在意。我將視線轉向馬力克斯。

「馬力克斯，你臉上的瘀青是怎麼回事？」

「喔～這個啊。」

馬力克斯摸上發紫的右邊臉頰。

「我被老爸揍了。我擅自行動，讓其他人陷入危險，又沒有徵求冒險者優奈小姐的指示。老爸罵我太自以為是了。」

「所以才被揍嗎？」

馬力克斯摸著臉頰笑了。

「那是事實，沒辦法啦。可是，老爸也有誇我。看到有人有困難並採取行動，總比見死不救好。可是老爸也跟我說，要把自己的實力、同伴的實力、敵人的情報全部都列入考量後再採取行動。」

這麼說來，艾蕾羅拉小姐也說過同樣的話。

可是，那也是無可奈何，誰都沒料到會有黑虎出現。馬力克斯也是知道自己可以打倒哥布林才採取行動。要是知道有黑虎出沒，應該沒有人會做出有勇無謀的事情。

「可是看到馬力克斯的臉時，我嚇了一跳。畢竟隔天來學校時，他的臉就腫起來了。」

「那的確很嚇人呢，因為當時看起來比現在嚴重多了。」

「我還以為發生了什麼事。」

提摩爾提到在學校發生的事，卡特蕾亞和希雅也有同感。

「這麼說來，現在已經比較好了啊？」

的確，從護衛任務到現在過了一段時間，但瘀青竟然到現在還留著。馬力克斯的爸爸到底揍得多大力啊？

就算是現在的狀態，被摸到應該也會很痛。

「你已經沒事了嗎？」

「嗯，沒事。只是有點痛而已。」

馬力克斯輕撫自己的臉頰。

「你還真敢說。我之前只是稍微碰一下，你就叫得那麼大聲。」

「而且還眼泛淚光呢。」

「廢話。挨揍的隔天就被碰到，當然會痛啊。」

希雅和卡特蕾亞想起當時的情形，笑了出來，可是就算沒有經歷過也能理解。腫起來的臉被碰到會很痛。光是想像，我就覺得自己的臉頰好痛。不過為什麼只是看到別人受傷，自己也會覺得痛呢？

「其他人沒事嗎？有被罵嗎？」

「我們被老師和艾蕾羅拉大人罵了。」
「母親大人說我沒有好好輔助優奈小姐，罵了我一頓。」
「我因為沒有盡到阻止馬力克斯的責任，被很不講理地罵了一頓。我又不是馬力克斯的監護人。」
「可是你們沒有被揍吧，太不公平了。」
馬力克斯不服氣地說道。看到他這樣，大家都笑了。
不過從對話的內容來看，可以知道馬力克斯是隊伍的隊長，必須對大家的行動負責。我想他爸爸也是因為這樣才揍他的。
不會像日本的父母一樣說「我家的孩子絕對不會做壞事」，所以應該有好好教育吧。
如果爸爸說「我家的兒子沒有做錯，都是負責護衛的冒險者的錯」的話，就輪到欠我人情的艾蕾羅拉小姐或國王出場了。
「對了，優奈小姐和菲娜為什麼會來王都呢？」
「來買東西。我想買肢解用的小刀。」
「為了買肢解用的小刀而跑來王都嗎？」
四人都露出傻眼的表情。
也對，他們不知道熊熊傳送門的事，當然會這麼覺得。
「對啊。反正沒事做。」

「普通人會因為沒事做就跑到王都來嗎？」

「這個嘛，因為我有熊緩和熊急，很簡單就可以過來了。」

我不能說出熊熊傳送門的事，於是只好說謊。

「雖然有優奈小姐在應該沒問題，但是女孩子兩個人單獨旅行很危險耶。」

堤摩爾和卡特蕾亞驚訝地看著我和菲娜。也對，想到兩個女生單獨從克里莫尼亞過來，一般人應該都會覺得很危險。

「優奈小姐有那些熊在，沒問題吧。」

馬力克斯幫我說話。

「的確沒錯。優奈小姐有熊緩和熊急在呢。」

卡特蕾亞露出懷念的表情。護衛任務結束後還沒有過那麼久吧。

「我護衛你們的時候不是有打倒黑虎嗎？我想要肢解牠，可是鐵製小刀沒辦法肢解。我本來想在克里莫尼亞買肢解用的小刀，但是沒有賣。聽說有間叫做加札爾先生的矮人開的打鐵鋪，所以才會過來買。」

我這麼說完，希雅用手抵著額頭開始思考。接著，她輕敲了一下手掌。

「喔～我知道那家店。」

「希雅，妳知道嗎？」

「是的。我以前有去過一次。可以的話，我幫妳帶路吧。」

「喔～我也知道那家店。那個矮人啊。我記得老爸說那裡的鐵匠技術很好。」

看來馬力克斯似乎也知道。

「你們願意帶路，我是很高興，可是你們原本不是正要去別的地方嗎？」

既然四個人都在，他們應該有約好要去哪裡。

「只是帶一下路，沒關係的。大家也都可以吧？」

「當然可以。」

「我也可以。」

「優奈小姐很照顧我們，這點小事沒什麼。」

學生們這麼說。我決定接受他們的好意。我轉頭望向自己原本要進入的商業公會。

因為我實在不想走進那些人群中嘛。

商業公會有很多人出入。不用說，每次有人進出商業公會，他們的目光都會轉到我身上。

146 熊熊前往打鐵舖

我接受希雅等人的好意，請他們帶我去叫做加札爾先生的矮人開的打鐵舖。

「對了，希雅你們放學了嗎？可是時間還早吧。」

希雅等人穿著學生制服。我不知道學校幾點放學，但現在還不到中午。

「今天不用上課。因為這樣，我們正要去附近的森林狩獵魔物。」

「我們去冒險者公會登記了。」

「這是為了累積經驗。因為我們不想再發生像之前一樣的事。」

像之前一樣的事是指黑虎嗎？

「可是就算努力，也打不贏黑虎吧。」

「我們沒有要跟那種怪物戰鬥。不過至少想變得更強一點，能夠保護他人。」

馬力克斯堅定地這麼說。

「所以才加入冒險者公會？」

「是啊，可是為了說服老爸，我費了很大的力氣。」

馬力克斯開始敘述他說服父親讓自己到冒險者公會登記時費了多大的工夫。他當時似乎又差

點挨揍、被迫和父親較量劍術、接受戰術指導等等，吃了不少苦頭。

「我才辛苦呢。馬力克斯的爸爸是騎士團的隊長，所以還說得過去，可是我的爸爸在財政部工作。身為他兒子的我就算是受到馬力克斯的邀請，還是很難獲准暫時成為冒險者。」

「關於這件事，我已經跟你道歉過好幾次了吧。」

「大家都很辛苦呢。」

「希雅呢？」

「我瞞著父親大人，取得母親大人的許可了。」

克里夫……女兒竟然不找自己商量，真可憐。

「可是有條件限制，那就是只能接在附近的森林狩獵低級魔物的委託。」

根據大家所說，附近森林裡的魔物似乎只有野狼和一些小型野獸。所以這座森林被稱為初學者之森，只有F級、E級的冒險者可以進入。這麼做好像也是為了培育王都的冒險者。

的確，如果王都周圍沒有低級魔物，初出茅廬的冒險者就會從王都消失，使人才出現斷層。冒險者公會的經營方針是有經過審慎考量呢。

我記得自己以前在克里莫尼亞濫殺野狼時也被訓了一頓。為了菜鳥冒險者，海倫小姐拜託我克制一下狩獵野狼的行為。我當時明明也是個菜鳥，卻被這麼告誡。不過，這應該也是同樣的目的吧。

「既然這樣，大家已經升上E級了嗎？」

「嗯，至少要有E級啊。」

「真厲害。」

也對，他們可以不費力地打倒哥布林，所以有那個程度的實力。

「優奈小姐的年紀比我們還小，卻是C級吧。就算被妳誇獎也有點……」

他剛才說什麼？

年紀小？

看來馬力克斯不只是頭腦，連眼睛也不好。這個世界有眼科嗎？不快點帶他去看醫生就太遲了。

而且我有給大家看過公會卡了吧。他沒看到年齡嗎？

「說得也是呢。就算被年紀更小卻是C級的優奈小姐誇獎，心情也很複雜呢。」

奇怪，這裡又出現一個眼睛有問題的人了。

「我也這麼覺得。可是我們才剛當上冒險者，這也沒辦法。」

好奇怪喔，眼睛不好的人又增加了。唯一知道我幾歲的希雅臉上浮現笑容。

可是事關我的面子，我必須反駁他們。

「我可以問一個問題嗎？」

「什麼問題呢？」

「你們以為我幾歲？」

「13歲吧？」

「或者是14歲。」

「考慮到冒險者的規定，是13歲吧。年紀再小就不能加入了。」

希雅一個人在大家背後強忍笑意。

「呃~我哪裡看起來像是13歲了？」

我抬頭挺胸，讓身體看起來更高一點。

「不會吧，更小嗎！」

「那是不可能的，馬力克斯。冒險者有年齡限制。」

「優奈小姐該不會是謊報年齡……」

三人對我投以懷疑的目光。

「我是15歲。不管怎麼看都是15歲吧。」

「「「……」」」

三人聽到我這麼說都愣住了。

「呃，優奈小姐，妳跟我們同年？」

「沒錯。」

「這是在開玩笑吧？」

「我知道了。優奈小姐其實是精靈吧？」

「才不是，我是個不折不扣的人類。」

雖然不是這個世界的人類。

「希雅，妳早就知道了嗎？」

「嗯。第一次見面的時候，我就聽說了。」

「而且我有給你們看過公會卡了吧。」

我和大家第一次見面的時候應該給他們看過。

「當時我只有注意職業。」

「我只有注意公會階級。」

「不，我記得是被熊手擋住了，看不到。」

堤摩爾看著我的熊熊玩偶手套。

對了，我當時的確是抓著卡片給大家看的。既然如此，上半部的姓名和年齡或許看不到。也就是說，他們沒有看到我的年齡。

「可是，沒想到優奈小姐跟我同年。真是不敢相信。」

「嗯。」

我只是比實際年齡還要嬌小一點而已啦。真的啦。

我們離開大街，走進有建築物林立，和住宅區不同的街道。這裡的建築物給人一種工業區的

感覺。也對，如果打鐵舖位在住宅區的中心，每天打鐵的聲音都會吵到居民。這麼一想，打鐵舖位在這附近也很合理。

「不過，要肢解黑虎啊。普通的小刀沒辦法嗎？」

「要是有辦法，我就不會跑到王都來買祕銀小刀了。」

「這麼說也對。要是普通的刀刃可以傷到黑虎，打起來就不會那麼辛苦了。」

「馬力克斯也不要再說傻話了，多讀點書比較好喔。」

「這點小事，我當然知道。我只是問問而已。」

馬力克斯被兩個人當成傻瓜，覺得很不是滋味。

「可是，祕銀啊。我也想要一把祕銀做成的劍。」

「那對馬力克斯來說還太早了。」

「太早了。」

「我也這麼覺得。」

「怎麼每個人都這麼說啊？老爸以前也跟我說過同樣的話。可是如果有好一點的武器，我也會變得更強吧。」

馬力克斯做出舉劍的動作。

「不可以把自己缺乏實力的事情怪到武器上。」

大家這麼吐槽。

然後，我們抵達了位在工業區一角的打鐵舖。

「謝謝你們大家，帶我到這裡就可以了。你們要去森林吧？」

聽到我這麼說，學生們面面相覷。他們好像正在考慮要不要跟我一起進去。

「也對。我們有空的日子也不多，快走吧。」

身為隊長的馬力克斯這麼決定。對此，卡特蕾亞露出尷尬的表情。

「沒辦法了呢。其實我本來是想要請優奈小姐叫熊熊出來的。」

原來如此，卡特蕾亞想要見熊緩和熊急啊。不過，不只是卡特蕾亞，希雅似乎也一樣。

為了感謝大家帶我到打鐵舖，我召喚出小熊化的熊緩和熊急，讓兩個女生摸摸牠們。

摸過熊緩和熊急的兩人露出滿足的表情，往初學者之森出發。

馬力克斯和提摩爾一臉羨慕的表情讓我覺得很有趣。

「那麼，我們進去裡面吧。」

「好。」

我和菲娜走進打鐵舖。店內光線昏暗，可是看得到屋子裡擺放著刀劍和防具。看來這裡不是專賣武器。

「不好意思，有人在嗎？」

我沒看到人，於是出聲喊道。然後，一名身材矮小的男人從裡頭走了出來。從身高看來，他

毫無疑問是矮人。

「你是加札爾先生嗎？」

「是啊，妳是誰？穿著這種奇妙的衣服。」

我第一次聽到別人說我奇妙。

「請不要在意我的裝扮。可以請你看看這個嗎？」

我遞出妮爾特小姐給我的信。

「……………」

加札爾先生盯著我用熊熊玩偶手套叼著的信。我不知道他是在看信還是在看我的手套。

「呃，這是住在克里莫尼亞城的妮爾特小姐和戈德先生給你的信。」

當時妮爾特小姐走到店裡深處，把戈德先生挖起來寫了這封信。加札爾先生從熊熊玩偶手套的嘴裡接過信，開始閱讀。

「事情我明白了，可是沒辦法。王都這裡的祕銀礦石也缺貨。」

「王都也缺貨嗎？」

王都果然也有礦石不足的問題。

「最近的礦脈目前無法開採礦石。鐵礦或是其他礦石還有辦法，但稀有的祕銀礦石庫存量少，也採不到。我的店剛好也沒有貨。既然是戈德拜託的，我也想幫妳做，可是我實在沒轍。」

王都也不行啊。

「可是，為什麼礦山無法開採呢？」

「聽說有魔偶在洞窟裡出沒。就是因為這樣才無法開採。」

魔偶，無機生命體。它們是泥土或石塊，或是鐵礦等礦石形成的魔物。好像就是因為礦山有魔偶出現，所以無法採礦。

「你知道目前討伐的情形嗎？」

「這我就不清楚了。我聽說有派冒險者去，但沒聽說打倒了沒。」

魔偶有那麼強嗎？

如果是鐵做成的魔偶，也許的確很麻煩。

「想知道詳細情形的話，就去冒險者公會吧。我這裡不賣情報。」

的確沒錯。那麼，得去冒險者公會才能確認情況嗎？我有種被當成皮球踢來踢去的感覺。

「優奈姊姊，不用勉強買祕銀小刀也沒關係。」

「不行。東西就要在想要的時候買到才行。」

書和商品如果不在想要的時候買，以後就算買到也會降低滿足感。而且愈是難得到的東西，就會愈想要。

嗯～可是該怎麼辦才好呢？我想要的是祕銀小刀，不是礦山的情報。

「那個，在你的打鐵鋪問這個不太好，但請問王都的其他打鐵鋪也沒有祕銀嗎？」

「或許有，但我想應該不會賣給沒見過面的人。」

克里莫尼亞買不到，王都也沒有。既然如此，只能跑去礦山了嗎？不管怎麼樣，我似乎非去一趟冒險者公會不可。

我向加札爾先生道謝，走出打鐵鋪。

147 熊熊前往冒險者公會

經過一番波折，我們又回到商業公會所在的大街上。因為冒險者公會也在這條大街上。早知如此，一開始就應該前往冒險者公會，但那是結果論，這也沒辦法。

「那個，菲娜要不要在這裡等？」

我來到冒險者公會前，這麼詢問菲娜。我想起上次來冒險者公會時被其他冒險者纏上的事情。雖然我覺得不會有冒險者來騷擾像菲娜這樣的小孩子，但要以防萬一。

「不用了，我想要跟優奈姊姊在一起。而且我一個人有點……」

因為待在冒險者公會前，有幾組冒險者正在看著我們。的確，留菲娜一個人會更不放心。我決定帶著菲娜一起走進冒險者公會。

不過，不管發生什麼事，我都會保護菲娜。

我久違地走進王都的冒險者公會，眾人的視線集中到我身上。他們的表情各不相同，首先可以分成知道我是誰和不知道我是誰的兩種。

「那是什麼東西？」

「有熊走進來了耶。」

「那該不會是傳聞中的熊？」

「什麼傳聞？」

「你不知道嗎？」

「沒有什麼東西比傳聞更不可信了。」

「（渾身顫抖）」

「你幹嘛怕那種可愛的熊？」

「那是因為……」

「那只是穿著可愛熊熊服裝的普通女孩吧。」

「還有一個小孩？」

「很可愛的女孩子嘛。」

坐在屋內椅子上的冒險者們所說的話傳到我耳裡。因為上次的事情，我的名號似乎稍微傳開來了。菲娜一臉不安地握緊我的熊熊手套玩偶。

「那就是傳聞中的熊啊。要去跟她說話看看嗎？」

「我勸你不要招惹她。」

「我可不想飛到天上。」

「要找她麻煩的話，你自己去吧。」

「什麼嘛。連你們都怕了嗎？」

「你不知道『熊出沒注意』嗎？」

「熊出沒注意？」

「很危險的，不要靠近她。」

「要是你想飛到天上，我不會阻止你。」

什麼「熊出沒注意」，那是哪座山的告示牌啊？

雖然自己這麼說有點怪，但穿著熊熊布偶裝的女孩子怎麼可能很危險。雖然我上次的確讓來找我麻煩的冒險者飛到天上了，不過那是主動找碴的冒險者不對。

「不要招惹她比較好。過去找她麻煩的冒險者被殺了。」

「我聽說是被吃掉了。」

「才不是。是被打成肉醬了吧。」

「打成肉醬再吃掉嗎？」

話題怎麼變得有點奇怪？我只有做無繩高空彈跳而已耶。

裡面該不會參雜了一些克里莫尼亞發生的事吧？以前有冒險者稱呼我為血腥惡熊。這麼一想，知道戴波拉尼事件的冒險者出現在王都也不奇怪。

那個時候，我把戴波拉尼揍得鼻青臉腫，所以或許有人以為他被打成肉醬了。還是有人以為他被無繩高空彈跳摔成肉醬了？

不管怎麼樣，這都是嚴重的妨害名譽。而且，竟然說我吃人。我又不是真的熊，不會吃人啦。

話說回來，只不過是穿著熊熊布偶裝的我來到公會就引起一陣騷動。這樣我都不能靜下來好好詢問關於礦山的事了。我正在煩惱該怎麼辦時，裡頭的一扇房門打開，留著一頭淡綠色頭髮的女性走了出來。長耳朵是她的特徵。

「你們太吵了，安靜一點。」

女性一走出辦公室，就對冒險者喊道。她是王都冒險者公會的會長，精靈族的莎妮亞小姐。莎妮亞小姐在國王的誕生慶典時很照顧我。

話說回來，真不愧是公會會長。莎妮亞小姐一喊，公會內就安靜了下來。

「到底是怎麼回事？我正在工作呢。再吵，我就把你們趕出去。」

莎妮亞小姐往公會內掃視一圈，視線停在我身上。

「優奈？」

「呃，好久不見。」

總之，我打聲招呼。

「妳怎麼會在這裡？是來工作的嗎？那孩子是之前跟妳在一起的孩子吧。我記得妳叫做菲娜？」

菲娜輕輕低頭跟她打招呼。

她們明明只見過一次面，真虧她還記得菲娜的名字。要是我，肯定已經不記得了。

「原來啊，是因為優奈來了，公會才會這麼吵。」

希望她不要把人說得好像邪惡的元凶一樣，我只是走進公會而已。

不過，我不會說自己毫無瓜葛。或許有一小部分的騷動是源自於我的打扮。可是我這次什麼也沒有做，不是我的錯吧。

「只不過是有個打扮成熊的女孩子走進來，其他人也不要大驚小怪。」

「可是，會長……」

「那隻熊有很多傳聞……」

我想知道是什麼傳聞，又不想知道。心情很奇妙。

「上次來找這個熊女孩麻煩的冒險者真的飛到了天上，她也的確是個優秀的冒險者，而且的確是我認識的人。所以，不要每次她一來就吵吵鬧鬧的。這是會長命令。要是敢騷擾她，或許會有比我更恐怖的人出面喔。到時候我可不會幫忙。」

莎妮亞小姐拿出會長的架式，對冒險者放話。可是，比莎妮亞小姐這個公會會長更恐怖的人是指誰？她該不會是在說國王吧？如果國王真的出面了，場面應該會變得一發不可收拾。

「那麼，優奈怎麼會來？工作嗎？」

「我有點事情想來冒險者公會問問。」

我一走進公會就引發騷動，根本沒辦法問問題。我環顧起室內。現在的氣氛已經不適合問關

於礦山的問題了。

「唉……我來聽妳說。妳們兩個人都到我的辦公室來吧。」

莎妮亞小姐嘆了一口氣後，帶我們走進深處的辦公室。

公會會長的辦公室算是滿寬敞的。裡頭的窗邊放著一張大辦公桌，看向左右牆壁邊排列著放類似資料等文書的書架。房間的中央有另一張桌子，桌子兩側放著椅子。這裡似乎可以當作開會的空間。莎妮亞小姐沒有坐在裡頭的辦公椅上，而是坐在中央的訪客用椅上。莎妮亞小姐看著我們，請我們坐下。

「隨便坐吧。」

我和菲娜乖乖地隨意找了張椅子坐下。

「所以妳想到公會來問什麼事？」

我講出到目前為止的來龍去脈，說明自己來到冒險者公會的理由。

「為了肢解黑虎，要買祕銀做的小刀啊……」

莎妮亞小姐用傻眼的表情看著我。

「原來妳打倒了那種魔物。可是要肢解黑虎，用普通的刀子的確沒辦法。所以妳才會特地和菲娜一起跑到王都來找祕銀小刀啊。」

我說起這件事時，每個人的感想都一樣呢。不會有人想到我是透過熊熊傳送門一瞬間來到王都，這也沒辦法。

「對了，我在打鐵舖聽說礦山有魔偶出沒。」

「沒錯，有魔偶出現在礦山。根據礦工的證言，他在挖洞的時候挖到了一個大空洞，而那個空洞裡有一尊魔偶，對他發動攻擊。礦工嚇得拔腿就跑，好不容易才平安逃走。」

「所以說，是那尊魔偶在礦山大鬧嗎？」

如果只有一尊的話，普通冒險者應該可以打倒。要不然也可以把坑道埋起來，應該有很多方法可以處理吧。

「是啊，它會攻擊進入礦山的人。唯一值得慶幸的是，魔偶不會跑到礦山外面。」

感覺好像地下城遊戲。在地下城遊戲裡也不知道為什麼，魔物不會跑出地下城。

還是說它在保護什麼？魔偶經常以守護者的形象出現在遊戲或小說裡。

「沒有冒險者去打倒它嗎？」

「我已經派出幾名冒險者了。只不過……」

莎妮亞小姐露出有些難以啟齒的表情。

「好像很不好對付。魔偶似乎不只一尊。」

「有很多尊嗎？」

「根據報告，冒險者已經打倒了幾尊。現在我們還沒辦法掌握礦山裡到底有幾尊魔偶。」

魔偶的無限增生嗎？如果這是遊戲的話就可以賺經驗值，很令人高興，但在現實生活中遇到就只會造成困擾。更不要說對於生活在附近的人是一個困擾。

「而且往深處前進會遇到鋼鐵魔偶，掃蕩起來好像很花時間。」

鋼鐵魔偶啊。要在洞窟裡戰鬥很麻煩呢。

因為是在洞窟裡，無法使用火屬性魔法，也不知道土魔法的物理攻擊可以造成多大的傷害，風魔法又不確定能不能切開鋼鐵。水根本不能列入考慮，冰也和土魔法一樣。這樣的話，我想要有可以切開鋼鐵的祕銀之劍。可是想要拿到祕銀做成的武器，得先打倒魔偶才行。事情又回到原點了。

「順便請問一下，去礦山就可以拿到祕銀礦石嗎？」

我的目的是祕銀礦石的情報，不是魔偶的情報。

「嗯～我不確定。這部分是由商業公會管理的。」

這次是商業公會嗎……我開始有被互踢皮球的感覺了。

怎麼會這樣呢？事情變得愈來愈麻煩了。這樣是不是該暫時放棄比較好？反正也不急著肢解黑虎。而且我有熊熊傳送門，隨時都可以來王都，我看還是等到魔偶被掃蕩完畢再來比較好。

都來到王都了還是買不到，雖然很令人遺憾，但這也沒辦法。

「菲娜，我們這次就放棄，在王都逛一下就回去吧。」

我得出這個結論。然後，就在我從椅子上站起來的瞬間，門被敲響了。

「請進。」

莎妮亞小姐回應房門外的人。走進辦公室的人是我認識的人物。

「奇怪，優奈和菲娜？」

「艾蕾羅拉小姐？」

走進辦公室的人是諾雅和希雅的母親——艾蕾羅拉小姐。

148 熊熊接受打倒魔偶的委託

「妳們兩個為什麼在這裡？」

艾蕾羅拉小姐用驚訝的表情看著我和菲娜。

可是，我也想對她說出同樣的話。

「艾蕾羅拉小姐也是，妳怎麼會來冒險者公會？」

「因為我有事要找莎妮亞啊。」

「我是來冒險者公會問問題的。」

艾蕾羅拉小姐走過來，在菲娜身旁的椅子上坐下。菲娜像被挾在我和艾蕾羅拉小姐中間。

「菲娜，妳過得好嗎？」

「我很好。」

菲娜有些緊張地回答。

「諾雅過得好嗎？」

「是，我們前幾天也有一起玩。」

我有時候會看到她們在一起。兩人有時會來到熊熊屋，找熊緩和熊急一起玩。在我看來，她們的感情很好。

「以後也請妳繼續跟她當朋友喔。」

「好的。」

菲娜帶著笑容點頭。

「那麼，艾蕾羅拉大人，今天過來有什麼事嗎？」

莎妮亞小姐這麼詢問來到公會的艾蕾羅拉小姐。

「我想來確認上次那件事辦得怎麼樣了。」

「上次那件事……是指礦山的事嗎？」

「是啊，要是讓礦山維持現狀，國家方面也會很困擾，所以我在考慮派兵去處理。」

「我們已經派C級冒險者去處理了。」

「有多少人？」

「有兩支隊伍，分別是四個人和五個人。」

「嗯～那暫時觀望一下好了。如果還是不行，就由我這邊處理。」

如果問題真的那麼棘手，不管是士兵、騎士還是魔法師，由國家派人處理就好了啊。那樣的話事情就能早點解決，我也可以拿到祕銀了。

我對兩人這麼說後，她們告訴我原因。基本上，有魔物出現時好像是由冒險者公會出面處理。如果國家的士兵去獵殺魔物，冒險者就會失去工作，所以除非事態緊急，否則國家不會有動

作。

這一點是冒險者公會和國家之間的默契。

所以這次的魔偶事件也一樣，得先交由冒險者公會來處理。如果不行的話，再由國家採取行動。雖然是很麻煩的關係，但似乎是不得不遵守的原則。

而且如果國家真的有什麼突發狀況，沒有士兵在會很傷腦筋。

「對了，優奈怎麼會來這裡？」

這次輪到我說明不知道說了幾次的理由。

「祕銀啊。」

艾蕾羅拉小姐對我露出別有用意的笑容。我有種不好的預感。

「既然這樣，優奈，如果妳想要祕銀，可不可以幫我一個忙？如果拿到祕銀的話，我可以優先給妳喔。」

「幫忙是指打倒魔偶嗎？」

根據目前為止的談話內容，我只想得到這個可能。

「是啊，有C級的隊伍去處理了，我想應該沒問題。不過可以的話，我想拜託像優奈這麼強的冒險者。」

「我是想要祕銀沒錯，可是不一定要找我，拜託其他高階冒險者也可以吧？」

我是還沒有見過B級以上的冒險者，可是王都應該有吧？

「要拜託他們有點困難呢。」

「…………？」

我歪著頭。沒辦法拜託？那是什麼意思？

「首先是因為高階冒險者大多都喜歡到處流浪。他們會到沒有開拓過的土地探索，或是尋找強大的魔物，不知道什麼時候會回來，行蹤也無法掌握。魔法師也會躲起來研究魔法，足不出戶。更重要的是高階冒險者之中有很多怪人，要拜託他們是很辛苦的。」

艾蕾羅拉小姐一說出怪人這個詞彙，就和莎妮亞小姐一起轉頭過來看著我。

為什麼她們兩個人都要看我？不，還有另一個視線。菲娜正在我身旁看著我。為什麼連菲娜都要看我？我好難過。我不是怪人，是熊熊啦。

「另外，高階冒險者的人數較少也是一個理由。」

所以我至今才會從來沒有見過高階冒險者啊。我本來就沒有常常去冒險者公會，沒機會見到高階冒險者，也不會主動搭理其他冒險者，所以也有可能是我不知道而已。

「而且就算找得到人，高階冒險者也很有錢，所以不太願意承接工作。」

聽到這些話，會發現有很多部分也跟我相符。

我因為有錢，基本上不想工作。我可以理解想要看看世界的感覺，所以也想去冒險，研究新魔法似乎也很有趣。雖然我不會主動追尋強者，但也想要確認熊熊裝備到底有多強。這麼一想，我也可以理解高階冒險者的心情。

這只是一種思考方式，不代表我就是個怪人喔。

「所以優奈，妳願意接下這份工作嗎？」

我想要祕銀，所以接下工作也沒關係。但難處是魔偶的出沒地點是在洞窟裡啊。

如果是普通的泥土或岩石形成的魔偶就沒問題，但我不知道自己能不能打倒鐵製的鋼鐵魔偶。我正在猶豫的時候，發現有人正在拉我的熊熊衣服。

「菲娜？」

我看著菲娜，她微微搖了搖頭。

「優奈姊姊，太危險了。我不需要祕銀小刀，拜託妳不要做危險的事。而且黑虎的肢解只要拜託公會就可以了。」

聽到對方不需要時，為什麼反而會讓我無論如何都想送給她呢？而且考量到今後的事，應該會需要用到祕銀。

「沒問題的。妳知道我很強吧？」

我輕輕地把熊熊手套玩偶放在菲娜的頭上。

「我要接下這份委託。」

「優奈，謝謝妳。妳幫了大忙。既然這樣，菲娜在這段時間就住在我家吧。」

「「咦！」」

艾蕾羅拉小姐的一句話讓我和菲娜異口同聲地驚呼。

「妳該不會想帶她去礦山吧？」

艾蕾羅拉小姐抱住身旁的菲娜，驚訝地問我。我是不打算帶她去，但又不能說我要用熊熊傳送門送她回克里莫尼亞。所以我只好回應「拜託妳照顧她了」。

「優奈姊姊！」

聽到我說的話，菲娜一臉驚訝。可是我不能說出熊熊傳送門的事，又不能帶她一起去，更不能因此就把她一個人丟在王都。我別無選擇。

「我馬上就會回來了。」

「可是媽媽她……」

「別擔心。」

只要先回克里莫尼亞請堤露米娜小姐同意讓菲娜外宿就行了。要是她拒絕就傷腦筋了，但是只要好好拜託，應該沒問題。

後來我謊稱要回家裡拿東西，和菲娜回到熊熊屋，使用熊熊傳送門移動到克里莫尼亞，拜託堤露米娜小姐同意讓菲娜外宿幾天。堤露米娜小姐爽快地答應了，我這才放心。接著我用熊熊傳送門回到王都，把菲娜交給艾蕾羅拉小姐照顧。實在是很麻煩的一件事。

「嗚嗚，為什麼事情會變成這樣……」

菲娜要住在艾蕾羅拉小姐的貴族宅邸，露出悲傷的表情。

「呵呵，我家有很適合菲娜穿的衣服呢。」

「請妳不要太捉弄菲娜喔。」

「我才不會做那種事呢。我只會在優奈工作的時候拼命照顧菲娜而已。而且她在克里莫尼亞和諾雅當好朋友，我得好好答謝她才行。」

「不用答謝……是我受諾雅大人照顧才對。」

「不行啦。我沒辦法跟菲娜的家人當面道謝，所以要直接答謝菲娜才行。」

「優奈姊姊……」

妳用這麼困擾的表情看我，我也沒辦法。

「我會早點回來的。」

「嗚嗚，優奈姊姊，妳要早點回來喔。」

希望在我回來之前，菲娜不會精神崩潰。我會盡早回來的，妳要等我喔。

為了拯救被擄走的公主（菲娜），我要一個人前往礦山。

感覺目的好像改變了，但我決定不要多想並出發。

熊熊勇闖異世界 6

新發表章節

熊熊和米露一起做熊熊麵包　其一

我的名字叫米露，是個12歲的女孩子，現在在優奈姊姊開的麵包店工作。

自從優奈姊姊來到孤兒院，已經過了很長一段時間。優奈姊姊給了我們照顧鳥兒的工作和熱呼呼的飯菜、衣服與房間。優奈姊姊還說要開麵包店，希望我們去店裡幫忙。

她說可以的話，會讀書寫字和算數的孩子比較好。我兩種都會。而且她也說最好是喜歡做料理的孩子。我舉起手來。

「我想要做。」

成員一下子就決定好，包含我在內的六個人確定要到麵包店工作了。我們首先認識了要教我們做麵包的莫琳小姐和她的女兒卡琳姊姊兩個人。

莫琳小姐雖然嚴格，卻是個非常溫柔的人。卡琳姊姊是個很開朗的大姊姊。卡琳姊姊會教我們做麵包，也會教我們接待客人的方式、打招呼的方式、處理錢的方式、打掃的方式等工作上需要的知識。如果沒有學好，會很麻煩；不好好打招呼的話，會給客人不好的印象；算錯麵包價錢的話，會讓別人吃虧；店裡如果太髒，客人就不願意上門。卡琳姊姊教了我們很多對麵包店來說很重要的事。莫琳小姐則在旁邊笑著看她。為什麼呢？

麵包店開張了。有好多客人點了布丁和麵包、披薩。好忙好忙。因為有卡琳姊姊對我們下指示，我們才可以按部就班地工作。如果沒有卡琳姊姊在，店裡應該會變得亂七八糟的。

「去把跑步熊熊的桌子擦乾淨。」

「好！」

「去清理睡覺熊熊的桌子。」

為了讓我們馬上知道是哪一桌，卡琳姊姊用裝飾在桌上的熊熊對我們下指示。我們也會馬上行動。

哪一桌有哪種熊熊我全都記得。午餐時間是最忙的，但過了午餐時間之後會比較輕鬆。

我們做的麵包和布丁賣得這麼好，我覺得很高興。用蛋做成的布丁特別受歡迎。雖然我覺得價格有點貴，或者說很貴，但堤露米娜小姐說這是合理的價格。賺到這麼多錢，讓我覺得有點不安。我從來沒有見過這麼大一筆錢。

堤露米娜小姐說這些錢是要用來經營我們孤兒院的。錢會用來買熱呼呼的食物和溫暖的衣服。我不希望孤兒院變回優奈姊姊來之前的狀態，所以我會努力工作。

我們在店裡工作的時候會打扮成熊熊的樣子。這種衣服非常可愛。因為很像優奈姊姊，所以我有點開心。可是卡琳姊姊覺得不好意思，所以不穿。

這種衣服讓人很不好意思嗎？

這種熊熊裝扮很受客人歡迎。客人常常說我們很可愛。雖然有點害羞，但是我很高興。

今天的工作也結束了，明天是假日。

工作了六天，我們就會放一天假。聽說讓身體休息也很重要。放假時可以自由活動。我會幫忙孤兒院的工作，做各種事情。我這次有想要做的麵包，所以要去店裡。

我一到店裡，發現卡琳姊姊正在做麵包。放假的時候，卡琳姊姊會幫孤兒院烤麵包。這樣好像可以當成練習。

「米露，妳怎麼會來？」

「我有種想做的麵包。」

前幾天，我把自己做的麵包帶回孤兒院。多出來的麵包和練習做的麵包會送給孤兒院的大家吃。那個時候，有個孤兒院的小女生說：

「沒有熊熊的麵包嗎？」

我有一瞬間聽不懂她在說什麼。我問她，她說是熊熊形狀的麵包。因為她的年紀還小，所以好像把「熊熊的休憩小店」的名字和麵包店搞混，想成熊熊的麵包了。

所以為了做熊熊的麵包，我跑到店裡來。

我穿上熊熊制服，準備做麵包。

首先要揉麵團，然後做出熊熊的形狀。這邊要捏成這個樣子，做後腳，做前腳，再加上圓圓的尾巴。臉做得不好，一點也不像熊熊。雖然看起來像動物，卻不像是熊。

我跑去看店裡的熊熊擺飾。

這些熊熊都長得很可愛。優奈姊姊說過，把原本可怕的東西變成可愛的樣子就叫做Q版。到底要怎麼樣才能做得這麼可愛呢？

我仔細觀察熊熊，在店裡的桌上做熊熊麵包。可是不管怎麼模仿，我都做得不好。

我正在為熊熊麵包陷入苦戰時，有人向我搭話。

「米露，妳在做什麼？」

我抬起頭，發現是優奈姊姊。

我誠實回答，優奈姊姊就轉頭看著我手邊的東西。我覺得有點不好意思。

「我在模仿這隻熊熊，做熊熊麵包。」

「熊？」

優奈姊姊露出疑惑的表情。

「孤兒院有人說想要吃熊熊形狀的麵包，所以我想做做看，但是沒辦法做得像優奈姊姊的熊熊一樣好。」

我說完後，優奈姊姊看向我做的熊熊麵包。因為一點也不像，我覺得很丟臉。

「那個，請不要看得那麼仔細。」

「立體的東西很難做吧？」

「是，很難做。我覺得臉特別難做。」

其他地方也做得不好，可是臉特別糟糕。我看看優奈姊姊，發現她正在思考。她看起來很煩惱。是因為我的熊熊麵包做得太醜了，她才會這麼煩惱嗎？

「這個不會拿到店裡賣吧？」

「不會，我是想做給孤兒院的小朋友吃。」

「真的嗎？」

優奈姊姊向我確認了好幾次。我點點頭。不知道為什麼，優奈姊姊露出下定決心的表情。

「可以給我一些麵團嗎？」

「好的。」

我給優奈姊姊一些麵團後，她分別開始輕輕搓揉兩種顏色的麵團。

我覺得白色麵團可以做熊急，咖啡色麵團可以做熊緩，所以準備了兩種。優奈姊姊把咖啡色麵團搓成圓圓的球形，最後再輕輕壓扁，做出圓形的麵團。她在圓麵團上黏上別的小塊麵團和白色的麵團，做出麵包的造型。

做到這裡，我也看得出來是什麼了。

「是熊熊的臉。」

優奈姊姊的雙手做出了一張熊熊的臉。優奈姊姊的手就像莫琳小姐的魔法之手一樣。

「再拿去烤就完成了。比起做出熊的全身，只做臉比較簡單吧。」

光是看臉就知道是熊熊。而且做法好像很簡單，我好像也做得出來。

「我也可以做做看嗎？」

「可以啊。」

我模仿優奈姊姊揉麵團，用兩種麵團做出熊熊的臉。雖然好像跟優奈姊姊做的不太一樣，但是很簡單就可以做出熊熊的臉了。

「好了，要拿去烤烤看嗎？」

「好！」

我們去借卡琳姊姊正在烤麵包的石窯。

「妳們做了什麼？」

「烤好之前是祕密。」

我很期待麵包烤好，要在石窯前面等著。雖然很熱，但是我會忍耐。

我知道麵包快要烤好了。

我們把麵包從石窯裡拿出來，熊臉造型的麵包就完成了。卡琳姊姊看著我們做的麵包。

「是熊造型的麵包啊。做得真好。可是，右邊的好像比較漂亮。」

「右邊的是優奈姊姊做的，左邊的是我做的。」

「只要多練習，米露也會變熟練喔。沒有人一開始就什麼都會。」

我看著優奈姊姊，覺得她好像什麼都會。優奈姊姊也有不會的事嗎？

我希望可以成為像優奈姊姊一樣的人。

「那麼，我們來試吃吧。」

「好。」

雖然麵團和普通的麵包一樣，但我卻覺得捨不得吃。可是優奈姊姊一點也不在意，撕下熊熊的耳朵吃下去。

總覺得熊熊有點可憐。

「我也可以吃嗎？」

卡琳姊姊也撕了一塊優奈姊姊手上的熊熊麵包吃。

「烤得很成功呢。」

「在裡面放內餡的話應該也不錯。」

的確，如果放內餡，應該也很好吃。

「米露不吃嗎？」

優奈姊姊這麼問拿著麵包卻不吃的我。

「我有點捨不得吃。」

「我了解妳的心情，可是不吃就太浪費了。而且也要試試味道才行。」

對喔，我要確認味道好不好吃才行。我也把熊熊的耳朵撕下來吃掉，很好吃。可是，熊熊的耳朵不見了。

雖然很可憐，但是很好吃。

後來，卡琳姊姊也加入我們，跟我們一起想要放在麵包裡的配料，然後調整味道，做出各式各樣的熊熊麵包。雖然也有一些失敗了，但是全部都做得很好吃。這些麵包應該可以讓小朋友吃得很開心。

之後，我把麵包帶回孤兒院。小朋友用小小的手拿起熊熊麵包。可是麵包太大了，不方便他們吃，所以我在他們眼前把熊熊麵包撕成兩半，他們就哭了。

「熊熊破掉了～～～」

大家都哭了，我拚命跟他們道歉。因為試吃時會撕成兩半，當時的習慣好像留下來了。我一開始吃熊熊麵包的時候明明也覺得很可憐，卻忘記了。

我拿出新的熊熊麵包給小朋友。他們一直很珍惜地拿著麵包，可是也不能不吃掉。小朋友們說著「熊熊，對不起喔。」一邊道歉一邊吃麵包。

幾天之後，店裡開始賣起了熊熊麵包。看到這些麵包的優奈姊姊露出了尷尬的表情。為什麼呢？

熊熊和米露一起做熊熊麵包　其二

我來到「熊熊的休憩小店」附近。今天是公休日，所以沒有開店。不過一來到店的後方，就可以聞到麵包剛出爐的香氣。

有人在烤麵包嗎？

我的肚子也有點餓了，就請人家給我吃一點吧。

我從後門走進廚房，發現是卡琳小姐在烤麵包。卡琳小姐有時候會在休假時練習做麵包。因為做好的麵包可以聽聽孤兒院孩子們的感想，好像對她很有幫助。

「卡琳小姐，早安。我可以拿麵包去吃嗎？」

「優奈？想拿多少都可以喔。」

我伸手去拿卡琳小姐烤的麵包，放進嘴裡。嗯，真好吃。真不愧是莫琳小姐的女兒。

「卡琳小姐，妳是一個人嗎？」

「媽媽出門了，所以只有我一個人。對了，可是米露有來喔。」

「米露嗎？」

「嗯，她說有想做的東西，跑去用餐區了。」

我很好奇，於是到用餐區一探究竟。結果，我聽到米露喃喃說著「做不出來」、「好難喔」的聲音。

「米露，妳在做什麼？」

我問她後，她說自己正在做麵包。我看到米露的手邊有形狀像某種動物的麵團。

她好像以我裝飾在桌上的黏土人風熊熊擺飾為範本，正在製作麵包。

我詢問理由後，米露表示孤兒院的孩子說想吃熊熊造型的麵包，所以她想模仿我做的熊來做麵包。

可是臉很難做，她正為此大傷腦筋。

我是很想幫忙，但問題在於她想做的是熊熊造型的麵包。我很想問為什麼是熊，但我很清楚答案。應該是受到我的影響吧。

「這個不會拿到店裡賣吧？」

「不會，我是想做給孤兒院的小朋友吃。」

「真的嗎？」

我再三確認。米露說這是要帶回孤兒院的麵包，好像不是要拿到店裡賣的。既然這樣，幫她做也沒關係吧？我跟米露要了顏色不同的麵團。接著，我做出一張熊熊的臉。如果全身做起來太難，只做臉就行了。我在原本的世界看過的熊造型麵包也大多只有頭部。

這樣就可以了吧？雖然是自誇，不過我覺得做得很不錯。米露看到我做的熊熊麵包很高興。

雖然臉感覺有點歪，但畢竟是第一次做，這樣就差不多了吧。看起來非常像熊。

「優奈姊姊好厲害，是熊熊的臉耶。」

米露似乎也看得出來是熊熊的臉。米露說想要模仿我做做看。米露參考我做的熊熊麵包，用小小的手做熊的臉。

「做好了。」

她做的麵包的確是熊熊的臉。

「好了，要拿去烤烤看嗎？」

我和米露回到廚房裡，烘烤做好的熊熊麵包。然後，我們向卡琳小姐借石窯烤熊熊麵包。米露一直不肯離開石窯前。

「優奈小姐，妳們做了什麼？」

「烤好之前是祕密。」

米露很期待，所以我不能先講出來。

「優奈姊姊，烤好了。」

米露很高興地把烤好的熊熊麵包拿給我。麵包的確烤得像是熊熊的臉，顏色也烤得很漂亮。

卡琳小姐在旁邊看著我們的成品。

「是熊造型的麵包啊。做得真好。可是，右邊的好像比較漂亮。」

「右邊的是優奈姊姊做的，左邊的是我做的。」

米露一臉不好意思地回答。

「只要多練習，米露也會變熟練喔。沒有人一開始就什麼都會。」

卡琳小姐這麼鼓勵米露。試吃過熊熊麵包之後，卡琳小姐也加入製作熊熊麵包的行列，我們為孤兒院的孩子們做了各式各樣的熊熊麵包，米露帶回了孤兒院。

希望他們會喜歡吃。

隔天，我向米露詢問孩子們的反應時，她露出了尷尬的表情。為什麼呢？

後來又過了一陣子，店裡開始販售熊熊麵包了。

為什麼會變成這樣？

我今天跟荷倫有約。我昨天在「熊熊的休憩小店」遇到荷倫，她拜託我看看她的魔法。我很好奇荷倫經過一番練習之後有沒有進步，所以答應了她的請求。

我們約好見面的地點是上次練習魔法的地方。那個地方附近什麼都沒有，所以不會打擾到別人。

來到約定地點時，我發現荷倫身旁還有一個人。

「啊，她來了。辛。」

呃，是個男生。我記得他是和荷倫同隊的金吧？

看來他的名字不是金，而是辛。反正發音很相近，就當作答對吧。不過，他怎麼在這裡？搞不好是覺得我會欺負荷倫，覺得擔心才過來的。聽說其他的冒險者跟他們說我是血腥惡熊，靠近會有危險。如果他相信那些話，會擔心或許也是很正常的。

「優奈小姐，謝謝妳願意過來。」

「我跟妳約好了嘛。對了，這個男生是誰？他是妳的隊友吧。」

「喏，辛。」

荷倫推了一下辛的背。

「那個，我也可以旁聽嗎？」

「旁聽魔法？」

「是啊，荷倫變得很會用魔法，所以我很好奇她是怎麼學的。如果是祕密，我可以回去。」

「沒關係。反正我也沒教什麼了不起的東西。」

我不知道教魔法的老師都是怎麼教的，也不知道自己的教法對不對。我教的只是自己無師自通的魔法而已。

為了確認荷倫有沒有進步，我馬上在稍遠的位置用土魔法做出一座強度偏高的一公尺高小山，然後走回荷倫身邊。

「那麼，我要確認妳有沒有真的進步，妳對那座土山使用魔法看看。」

「是。」

荷倫使出土魔法。荷倫面前出現一顆大小相當於棒球的土塊，她讓土塊高速迴轉，然後往土山丟去。土塊陷進了土山裡，上面也留下了土塊迴轉的痕跡。

從這個情況看來，她似乎有在練習。威力的確上昇了。

「多虧優奈小姐，我現在已經不會再扯大家後腿了。」

荷倫雀躍地這麼說道。

「既然這樣，我今天教妳其他用法。如果學會這一招，應該可以打倒一定程度的魔物。」

「真的嗎？」

「嗯，雖然很難。」

我做出一根細長的土棒。土棒前端很尖銳。與其說是弓箭，比較像是更細更短的長槍。我讓這支短槍高速迴轉，接著放出，它貫穿土製的小山，刺出了一個小洞。

「好厲害。」

「太厲害了。」

「好了，妳試試看吧。」

「是。」

荷倫站到土山前，然後擺出架勢。

「首先要做出細長的棒子。然後，把前端弄得像弓箭一樣尖。」

荷倫做出細長的土棒，把前端弄尖。

「然後讓棒子迴轉，再丟出去。」

「是。」

荷倫轉動完成的土槍，接著往土製小山丟出去。細長的土槍雖然命中土製小山，碎掉的卻是土槍。

「強度太弱了。要跟妳一開始做的土球強度差不多才行。」

「因為很細，比較難作出變硬的印象。如果是球的話就可以想像把泥土往中心握緊的感覺，可是棒子很困難。」

「這部分就要多練習了。如果學會這一招，可以用它來攻擊要害的話，應該可以提昇不少戰力。」

「也可以阻擋半獸人嗎？」

「半獸人？」

「我們之前參加了熊之隧道附近的狩獵行動。當時我們被半獸人襲擊，差點死掉。」

「你、你們沒事吧？」

在日本，死亡距離我很遙遠，所以聽到他們差點死掉的事讓我很擔心。

「我們沒事。危急的時候，叫做露麗娜小姐和基爾先生的冒險者救了我們。」

「基爾先生當時很帥。」

原來是露麗娜小姐和基爾救了他們啊。這麼說來，露麗娜小姐好像有說過自己參加了熊之隧道的魔物狩獵行動。

「優奈小姐也認識露麗娜小姐吧？」

「畢竟都是冒險者啊。」

被戴波拉尼襲擊之後，我曾經和露麗娜小姐一起承接委託，拜託她當店面的警衛。所以我們也算是有一點交情。

「若可以打倒半獸人……不對，如果當時能阻擋半獸人的腳步，我們應該能成功逃走。」

我可以一擊打倒半獸人，所以不太清楚半獸人有多強。追根究柢，我就算和荷倫使用同樣的魔法，兩者也不能拿來比較。我和荷倫的魔力量不同。根據灌注於魔法中的魔力量，同樣的魔法也會有不同的威力。

「對啊，那就要看荷倫的努力了。不練習就會維持現在的狀態，但就算練習，也不一定能打倒半獸人。可是如果什麼都不做，那就永遠做不到。」

我只能這麼回答。不實際去做，就不會知道結果。如果我說做得到，她卻做不到，那就會害到她。所以我不能隨便說說。

可是聽到我這麼說，荷倫似乎有了幹勁。

荷倫開始努力練習。她不停詠唱魔法，往小山放出土槍。

「現在可以慢慢來，使用魔法的時候要一一注意強度、迴轉速度、灌注的魔力量。」

「是。」

荷倫深呼吸，開始慢慢詠唱魔法。

「噯，妳為什麼這麼輕易就願意教她？我們可沒辦法回報妳什麼喔。」

我在稍遠一點的地方看著荷倫練習時，辛來跟我搭話。

「我不是想要回報才教她的。」

「那妳為什麼願意教她？」

「因為我認識了荷倫這個女孩子。如果因為我不想教她而害她死掉，我會無法原諒自己的。因為我知道自己一定會很後悔當初沒有教她。」

「我們才剛認識吧？」

「是啊。如果荷倫是個瞧不起我又個性差的女孩，我不會教她。就算她死掉，我也不會在意。可是荷倫是個好女孩，我不希望她死。」

我認識了荷倫這個女孩子，跟她交談過。我不希望她死，所以才會教她。

「……那個，謝謝妳願意教荷倫魔法。」

辛不好意思地向我道謝。

「不過，你如果不一起努力，會扯荷倫的後腿喔。」

荷倫比初次見面的時候有所成長。我不知道她能強到什麼地步，但周圍的人也有可能會扯她後腿。

「我知道啦。上次基爾先生教了我很多，我正在特訓。」

「是嗎？」

我感到好奇，所以試著問他從基爾身上學到了什麼。

「…………」

加強肌力、加強體力、觀察對手、從經驗中學習技術，要是還贏不了，就依靠同伴啊。他教的事情基本上都是正確的。

「所以我會跑步和揮劍，加強體力和肌力。」

「既然這樣，要不要跟我比賽看看？」

光是看著荷倫練習也很閒。為了讓荷倫活下來且避免受傷，她身邊的人也要變強才行。所以我想知道辛有多少實力。

「跟妳比賽？妳是魔法師吧？」

「我也會用劍喔。」

我從熊熊箱裡取出樹幹，把它切成適當的大小，做出長約一公尺的木棒。我用風魔法纏繞其中的兩支木棒。木棒發出咻咻咻的聲音，被削成像竹刀一樣圓潤好握的棒子。我把其中一支扔給辛。接住木棒的辛好像對我的舉動很驚訝。

「好了，我不會使用魔法，你想從哪裡進攻都可以。」

「真的可以嗎？我不會手下留情喔。要是受傷了我可不管。」

辛握緊木棒，朝我揮舞而來。

我輕鬆接下他的攻擊。然後，一場簡單的比賽開始了。

「…………」

辛氣喘如牛，倒在地面上。就結果來說，他很弱。雖然我不清楚強弱的基準，但他很弱。

「為、為什麼妳可以做出那種動作？」

我的呼吸一絲不亂。

「我們鍛鍊的方式不同。」

是的，我說謊。我從來沒有鍛鍊過身體。可是，雖然體力是騙人的，技術卻是在遊戲中學到的。所以也不全然是謊言。

「那麼，我有注意到幾個問題。你要聽我的建議嗎？」

「可惡。」

他看起來很不甘心。

「你是要聽還是不聽？」

「拜、拜託妳，請給我建議。」

辛垂頭喪氣般地低頭拜託我。

「那我給你幾個建議。你握劍的力道太強了，該放鬆的時候就要放鬆。」

「用力握劍是理所當然的吧。」

「人是有握力的。如果一直用力握緊，握力就會逐漸減少。如果沒有了握力，就會握不住劍。一直不斷揮劍，手臂也會累得揮不動。全力奔跑也會消耗體力，最後跑不動喔。」

「所以我才會照基爾先生說的，跑步和增強肌力啊。」

「可是你現在沒辦法像基爾一樣拿很重的劍，不斷揮舞吧？」

如果基爾是一百，辛就是十。根本無法比擬。

「……所以我才在努力啊。」

「努力沒有問題。可是你沒辦法馬上做到跟基爾一樣的事，今後也不一定做得到。」

他們的體格本來就不同。

「那妳要我怎麼辦？」

「我是說，你可以用技術來彌補這一點。」

「技術……沒有人教過我劍術，所以妳就算說技術我也不懂。基爾先生叫我要觀察對手，但我也不知道要看哪裡。」

「你平常都看對手的哪裡？」

辛陷入思考。

「……應該是對手的武器吧。」

雖然沒有錯，但也有錯。

「要看的地方是全部。」

「全部？」

「沒錯，當然要看武器，還要看拿武器的手、踏步的腳、對手的視線在看哪裡、對手的呼吸。如果是技術更好的人，還會看更多地方喔。」

「……優奈小姐全部都會看嗎？」

「雖然只是看個大概。看腳的動作就可以知道對手移動的時機；看握劍的手就可以知道對手施加的力道有多強；看視線就可以知道對手正在瞄準哪裡。看的時候不只是看一個地方，而是看整體。這樣一來，可以大概看出哪裡會動。這麼做當然沒辦法看穿一切，但卻可以預測對手會怎麼做。所以你最好也記住，對手同時也在觀察自己。」

如果只看一個地方，就沒辦法取得其他的情報。只看武器的話，也可能因此遭到反攻。

「還有，你的體力不像基爾那麼好吧？所以不要每一招都出力，而是在抓到破綻、有機可乘的時候使出最大限度的力量就好。不浪費多餘的力氣也是一種技術喔。」

牽制對手的時候不需要用力，只要製造破綻就行了。

「可是，那是在對付人的時候吧。對付魔物的時候呢？」

「一樣喔。哥布林和半獸人經常會拿武器。如果是野狼，就要看牠踏出的腳步。而且，魔物經常集體出現。只要習慣觀察整體，對付複數敵人的時候也不會手忙腳亂喔。」

學會觀察整體的話，就算敵人是複數，也可以知道誰要發動攻擊。觀察整體是很重要的。戰鬥時也能掌握同伴的狀況。

雖然基本上都是獨行俠，但在遊戲裡也有不少組隊經驗的我很清楚。

「你可以在冒險者公會找有空的冒險者，請他們陪你一起練習。基爾也說過吧，經驗很重要。在戰鬥中實做很危險，但如果是練習的話，頂多是受傷而已。」

「……我知道了。我會試試看。」

我正在陪辛的時候沒有看荷倫的情況，但一轉頭過去，她即使一個人仍在乖乖練習魔法。真

是個認真的學生。

這天我陪著荷倫和辛練習，度過了一天。

受傷難免，但我希望他們好好活著。

後記

謝謝您拿起《熊熊勇闖異世界》第六集。多虧各位讀者，這部小說已經順利推出第六集了。

在第六集，優奈依照與艾蕾羅拉小姐的約定，擔任學生的護衛。因為依舊穿著熊熊服裝，優奈不被學生們看在眼裡。可是，有強大的魔物出現在這些學生面前。學生們打算賭命戰鬥，魔物卻被打扮成熊的優奈打倒了。

護衛篇的劇情發展和網路版稍有不同，希望讀者看得開心。

後半部是從密利拉鎮來到克里莫尼亞的安絲開店的故事。優奈接受提露米娜小姐和米蕾奴小姐的幫助，逐步完成「熊熊食堂」。

餐廳順利開張後，優奈拜託菲娜肢解在護衛時打倒的黑虎。可是，菲娜持有的鐵製小刀沒辦法肢解。優奈和菲娜為了尋找肢解黑虎的小刀而前往王都，而優奈在那裡承接了新的工作。接下來會進入魔偶篇，後半部將收錄在第七集，敬請耐心等待。

最後我想感謝在本書製作過程中提供助力的各位同仁。

０２９老師在百忙之中繪製了許多可愛的插畫，很感謝您。我總是很期待插畫成品。

感謝編輯大人總是協助修改錯漏字。還有參與《熊熊勇闖異世界》第六集出版過程的各位，謝謝你們。

感謝閱讀本書至此的各位讀者。

那麼，我衷心期望能在七月的第七集（註：此指日本方面）再次與各位相見。

二〇一七年三月吉日　くまなの

國家圖書館出版品預行編目資料

熊熊勇闖異世界 / くまなの作 ; 王怡山譯. -- 初版. -- 臺北市 : 臺灣角川, 2018.04-
冊 ; 公分
譯自 : くまクマ熊ベアー
ISBN 978-957-564-134-4(第6冊 : 平裝)

861.57 107002530

Kadokawa
Fantastic
Novels

熊熊勇闖異世界 6

（原著名：くま クマ 熊 ベアー 6）

2018年4月16日 初版第1刷發行
2021年6月30日 初版第3刷發行

作　者：くまなの
插　畫：029
譯　者：王怡山

發行人：岩崎剛人
總編輯：蔡佩芬
編　輯：邱瓈萱
美術設計：黃永漢
印　務：李明修（主任）、張加恩（主任）、張凱棋

發行所：台灣角川股份有限公司
地　址：105台北市光復北路11巷44號5樓
電　話：（02）2747-2433
傳　真：（02）2747-2558
網　址：http://www.kadokawa.com.tw
劃撥帳戶：台灣角川股份有限公司
劃撥帳號：19487412
法律顧問：有澤法律事務所
製　版：尚騰印刷事業有限公司
ISBN：978-957-564-134-4

※版權所有，未經許可，不許轉載。
※本書如有破損、裝訂錯誤，請持購買憑證回原購買處或連同憑證寄回出版社更換。

"KUMA KUMA KUMA BEAR 6" by Kumanano
Copyright ©2017 Kumanano
All rights reserved.
Original Japanese edition published by SHUFU-TO-SEIKATSU SHA LTD., Tokyo.